너와 내가

다른 점은

너와 내가 다른 점은

남세오 지음

씨드북

차례

1

뜻밖의 전학생

"빨리 일어나. 벌써 7시 반이야!"

"5분만. 5분만 더 자고."

아침마다 엄마 때문에 정말 피곤해 죽겠다. 5분만이 벌써 몇 번째인지 모르겠다. 뭔가 이상하다고? 그렇다. 대화 자체야 엄마와 딸 사이에 오고 가는 흔한 내용이지만 우리 집에서는 깨우는 사람이 나고 이불을 억지로 끌어당겨 기어이 다시 얼굴을 덮고야 마는 사람이 엄마다. 믿기 어렵겠지만 사실이다.

따뜻한 아침밥과 잘 다려진 교복은 바라지도 않는다. 아무리 고등학생이라지만, 늦잠까지는 아니더라도 잠투정할 권리는 있지 않을까. 매일 아침 투정은커녕 엄마가 한 번에 일어나기를 간절히 바라야 하는 나 자신이 애처롭다.

"학교 앞까지 태워 줄까?"

"됐어. 걸어갈 거야."

마지막의 마지막까지 꾸물거리다 일어나서는 또 번개같이 완벽하게 출근 준비를 하고 나오는 엄마가 이제는 얄미울 지경이다. 깔끔하게 갖춰 입은 엄마와 앞머리도 제대로 못 말고 나온 나를 보며 사람들은 무슨 생각을 할까. 늦잠을 자며 게으름을 부린 쪽은 당연히 나라고 믿겠지. 내가 엄마를 몇 번이나 흔들어 깨우고 출근 준비에 걸리적거리지 않기 위해 화장실 쓰는 시간까지 양보한 줄은 꿈에도 모를 거다. 부스스한 모습으로 엄마가 데려다준 차에서 내리는 걸 보면 친구들은 부러워하겠지. 그 꼴은 절대 보고 싶지 않다.

엄마가 바쁘다는 건 안다. 어제 새벽에 잠시 물을 마시러 나왔을 때도 엄마 방에서는 쉴 새 없이 키보드 두드리는 소리가 들려왔다. 그런데 내가 왜 그걸 고민하고 있어야 하지. 나는 그냥 엄마가 바쁜 게 싫고 바쁜

다는 핑계로 내 시간을 뺏는 것도 싫다. 엄마가 일을 완벽하게 해내는 절반만큼이라도 나를 챙겨 줬으면 좋겠다. 자식을 키우는 것도 부모가 할 일 아닌가.

“새로 온 전학생이다. 자, 친구들에게 인사해.”

담임 선생님의 뒤를 따라 들어오는 전학생을 보며 갑자기 엄마가 생각난 건 엄마처럼 빈틈없어 보이는 모습 때문일 거다. 딱 떨어지는 단발과 잡티 하나 없는 피부, 단정한 옷매무새 그리고 자신감 가득한 걸음걸이까지 꼭 엄마를 닮았다. 그러니까, 일할 때의 엄마 말이다. 딸을 저렇게 깔끔한 모습으로 밖에 내보내기 위해 저 애 엄마는 얼마나 애를 썼을까. 갑자기 한숨이 나왔다.

“안녕. 나는 이로엔이라고 해. 만나서 반가워. 그런데.”

이름이 특이하네, 라고 생각하는 순간 로엔이 던진 말은 뜻밖이었다.

“쓸데없는 말은 걸지 말아 줬으면 좋겠어. 개인적인 대화 별로 안 좋아하고 무엇보다 공부에 방해되니까. 다들 좋은 대학 가야 하잖아?”

뭐야, 완전 재수 없잖아, 왜 전학 왔는지 알겠다. 여기저기서 아이들이 수군거렸다. 선생님은 당황한 듯 헛

기침을 하며 빈자리를 찾아 교실을 둘러보았다.

"그래, 뭐 천천히 적응하도록 하고. 일단 들어가서 저 자리에 앉아."

선생님이 가리킨 자리는 문가 쪽 자리. 내 바로 뒷자리였다. 로엔은 수군대는 아이들에게는 눈길도 주지 않고 나를 지나쳐 갔다. 이렇게까지 공개적으로 거만한 모습을 드러낼 필요가 있을까. 아무도 접근하지 말라는 건가? 그래도 인사는 해야 할 것 같았다. 나는 로엔이 자리에 앉기를 기다렸다가 최대한 밝은 표정으로 몸을 돌려 말을 걸었다.

"안녕, 난 서나리라고 해."

"안녕."

"궁금한 거 있으면 편하게 물어봐."

"없어."

"아, 그래."

내가 더 이어 나갈 말을 찾기도 전에 로엔은 얼른 시선을 돌리고는 다음 수업에 쓸 교과서를 꺼내 파라락 책장을 넘겼다.

"로엔이 너희 반으로 전학을 왔다고?"

저녁을 먹으며 전학생에 대해 얘기하자 엄마는 깜짝 놀라며 나에게 물었다. 내가 학교에서 있었던 일을 아무리 얘기해도 매번 관심을 두는 척만 하던 엄마가 전학생의 이름을 알고 있다니 의외였다.

"엄마가 이로엔을 알아?"

"아니. 그, 엄마 직장 동료. 하여튼 있는데 건너 건너 아는 애라고. 근데 걔가 정말 너희 반으로 갔어?"

"뭔 소리 하는 거야. 대체 걔가 누군데?"

"아니 그게, 잠깐. 엄마 전화 좀 하고 올게."

"밥 먹다 말고 어디 가!"

엄마가 밥 먹다 말고 전화하는 건 보나 마나 일 때문이다. 대체 이로엔이 누구길래 엄마가 저렇게 호들갑을 떨지. 혹시 엄마 회사 사장님 딸인가. 나는 얼른 안방 앞으로 가서 문틈에 귀를 가져다 댔다. 간간이 엄마의 목소리가 높아지는 걸 보니 분명히 심각한 일이다.

"그러니까 내가 만든 안드로이드는 내가 제일 잘 안다고요! 왜 굳이 이쪽으로 전학을 보내요?"

이게 무슨 소리지? 안드로이드? 너무 크게 말했다고

생각했는지 엄마의 목소리가 갑자기 줄어들었다. 잠시 후 한숨 소리와 함께 다시 조금 커진 말소리가 겨우 귀에 들어왔다.

"아뇨, 싫어요. 로엔은 로엔이고. 그런 거 없어도 충분히 잘할 수 있다니까요."

몇 달 전부터 부쩍 바빠진 엄마가 인간을 꼭 닮은 기계인 안드로이드를 만드는 중이라는 말을 한 적이 있다. 그중에서도 엄마는 뇌의 역할을 하는 인공 지능 개발을 담당하고 있다고 했다. 그게 정말 중요한 일이며 이번 고비만 넘기면 나한테도 신경을 더 많이 써 줄 테니 조금만 참아 달라는 핑계도 함께 늘어놓았다. 물론 지금까지 수도 없이 들었던 그 핑계를 나는 그냥 흘려들었다. 내가 도와주지 않으면 출근도 제대로 못하면서 누가 누굴 신경 써 준다는 말인지 모르겠다.

"그러니까 전 그런 도움 필요 없어요. 괜히 나중에 딴말 나오는 것도 싫고요."

도움이 필요 없다고? 내 도움이 없으면 아침에 제대로 일어나지도 못할 거면서. 하긴, 사람들이 보는 엄마는 누구의 도움도 받지 않고 모든 일을 완벽하게 해내는 철저한 사람이다. 그런 엄마가 집에 들어오기만 하면 나사가 풀어져서는 내가 챙겨 주지 않으면 밥도 제대로 먹지 않는다는 건 아무도 모를 거다. 그런데도 모든 걸 혼자서 해내는 것처럼 잘난 체하는 걸 들으니 기분이 별로 좋지 않았다.

"알았어요. 이미 배정이 된 거니까 어쩔 수 없다는 건 알겠는데, 하여튼 저는 바란 적도 없고요. 오해받기 싫으니까 관련된 정보도 일절 저한테 주지 마세요. 누구 도움 없어도 안드로이드라는 거 진짜 안 들킬 수 있으니까요."

뭐가 어떻게 돌아가고 있는지 알 것 같다. 엄마는 최근에 엄청나게 발전한 인공 관절이나 생체 피부 기술 덕분에 이제 겉으로는 사람과 로봇을 구분할 수 없다고 했다. 하지만 겉모습이 아무리 그럴듯해도 조금만 대화를 나눠 보면 다른 점이 금방 드러난다고 한다. 그 차이를 최대한 줄이는 게 지금 엄마가 하는 일이다. 그러니까 엄마가 담당하고 있는 기술이 제일 중요하고 어렵고 힘들다는 말이었다. 그래서 자주 야근해야 하니 집안일은 내가 맡아 줘야 한다는 게 엄마의 주장이었다.

재빨리 머리를 굴려 얻은 나의 결론은 이렇다. 이로엔은 엄마가 만든 안드로이드다. 그런데 그 애가 엄마의 의도와는 상관없이 우리 반에 전학을 온 거다. 이로엔이 안드로이드라는 걸 들키지 않는 게 엄마의 목표일 거고. 확실히 오늘 이로엔을 보고 안드로이드라는 생각을 한 사람은 하나도 없을 거다. 그냥 좀 이상하고 재수 없는 사람이라고 생각했겠지. 방 안에서 전화를 끊는 소리가 들렸다. 나는 얼른 식탁으로 돌아와서는 시치미를 떼고 물었다.

"무슨 일인데 밥 먹다가 말고 그렇게 한참 통화를 해?"

"별거 아냐. 넌 몰라도 돼."

"이로엔 얘기 한 거 아니었어?"

"아냐, 일 얘기야. 너 엄마 일 얘기 별로 안 좋아하잖아."

"일 좀 적당히 해야 말이지. 바쁘다던 프로젝트는 아직 안 끝났어? 안드로이드였나?"

내가 슬쩍 찔러보자 엄마는 잔뜩 씹어 삼킨 밥이 얹혔는지 몇 번 캑캑거리다가 물을 마시고 겨우 진정했다. 그러고는 손사래를 치며 대답했다.

"이제 얼마 안 남았어. 넌 신경 안 써도 돼."

신경 안 써도 될 리가 없었다. 다음 날 아침 화장실 세면대 구석에는 붉은 핏자국이 선명했다. 어제도 엄마 방에서는 밤새 키보드 두드리는 소리가 들렸다. 급하게 출근 준비를 하다가 쏟아 낸 코피를 미처 다 닦지 못하고 나간 게 분명했다. 엄마를 이대로 놔둬서는 안 된다는 생각이 들었다.

엄마 말대로 로엔은 안드로이드라는 티가 전혀 나지 않았다. 일단 외모적으로 완벽했다. 초롱초롱한 눈동자와 섬세한 손가락은 물론 솜털까지 재현된 피부는 흠잡을 데가 없었다. 동작은 물론 표정도 전혀 어색하지 않았다. 물론 그 표정이라는 게 대부분 무표정이긴 했다. 그래도 로엔은 쌀쌀맞은 사람으로 보이지 로봇으로 보이지는 않았다.

인공 지능이 제일 어려워한다는 대화도 자연스러웠다. 첫날 철벽을 친 덕분인지 말을 거는 애들 자체가 거의 없는 데다 가끔 있는 질문에 대한 대답도 대화의 맥을 끊는 식이었다. 그래도 이상하지 않았다. 그냥 원래 말투가 그렇다고 느껴졌다. 나를 제외한 그 누구도 로엔이 안드로이드라고 의심하지 않았다. 엄마의 통화를 엿듣지 않았다면 나 역시 그런 생각은 꿈에도 해 보지 않았을 거다.

로엔은 쉬는 시간이면 헤드폰을 눌러쓰고 공부를 했다. 급식 시간에는 구석에 혼자 앉아 역시 헤드폰을 눌러쓴 채 책을 보며 밥을 먹었다.

그렇다. 로엔은 밥을 먹었다. 꼭꼭 씹어서 꿀꺽 삼켰다. 안드로이드가 왜 밥을 먹을까 의아했는데 생각해 보니 사람인 척하려면 그래야 했다. 설마 소화기관까지 사람하고 똑같이 만들어 넣은 걸까.

"이로엔 말야, 새로 전학 온 애. 걔 되게 이상하다?"

궁금했지만 엄마에게 대놓고 물어볼 수는 없었다. 함께 저녁을 먹을 때 슬쩍 돌려서 말을 꺼내자 엄마의 얼굴이 확 굳었다. 아무렇지 않은 척하려고 애쓰는 듯했지만 너무 티가 났다.

"뭐가? 뭐가 이상한데?"

"급식 시간에 안 뛰어가고 걸어가."

"난 또 뭐라고. 그게 뭐 그렇게 이상하니? 그냥 그런 애도 있는 거지."

엄마는 조금 안심한 듯 그제야 숟가락으로 밥을 뜨며 그렇게 대답했다. 짓궂은 마음이 들어 나는 이야기를 이어 나갔다.

"그리고 구석에 앉아서 혼자 먹어. 맨날 헤드폰 쓰고 다니면서."

"그래서? 애들이 이상하대? 네가 보기에도 이상해?"

"당연히 이상하지. 그리고 먹는 것도 좀 이상해. 되게 꼭꼭 씹어 먹어. 교과서에 나오는 것처럼. 로봇이 밥을 먹으면 그렇게 먹으려나."

"얘! 너는. 친구한테 로봇이 뭐니? 그리고 로봇이 밥을 왜 먹어? 충전만 하면 되는데."

"글쎄, 자기가 로봇인 걸 숨기려고?"

"하여튼 너는 쓸데없는 생각만 하고. 네가 이상하게 보려고 하니까 자꾸 이상해 보이는 거지. 그렇게 따지면 너도 이상하게 먹어. 너 밥 먹는 속도가 정상이니? 물 한 컵을 마셔도 그것보다는 느리겠다."

말을 돌리려는지 엄마는 내 밥 먹는 습관에 대해 구구절절 잔소리를 늘어놓기 시작했다. 그래 봐야 소용없다. 내 눈은 못 속인다. 엄마는 무언가를 숨기려 하고 있다. 전화 통화를 엿들을 때 다른 건 몰라도 안드로이드와 로엔이라는 단어는 똑똑히 들었다. 로엔은 분명 엄마가 만든 안드로이드다. 나는 잔소리를 피해 일어나 내가 먹은 밥그릇과 수저를 싱크대에 던져 넣고는 냉장고 문을 열었다. 한쪽 구석에 초코우유가 잔뜩 쌓여 있었다.

"뭐야, 초코우유를 왜 이렇게 많이 사 놨어?"

"나리 너 먹으라고 사 놨지. 좋아하잖아."

"내가 무슨 초코우유를 좋아해! 바나나우유라니까. 엄마 대체 나에 대해 알기는 해?"

"초코우유나 바나나우유나 똑같아. 다 색소 탄 거야. 그냥 대충 먹어라. 아유 진짜."

"지금 그 말 하는 게 아니잖아. 엄마는 내가 초코우유를 좋아하는지 바나나우유를 좋아하는지도 모른다는 거잖아. 딸 신경 좀 쓰라고 진짜."

"알았어, 알았어. 이번 일만 끝나면 진짜 시간 난다니까."

엄마가 바쁜 건 이해한다. 내게 신경을 많이 못 쓰는 것도 그럴 수 있다고 생각하려 애썼다. 일에 몰두하는 엄마가 솔직히 조금 멋져 보이기도 한다. 그런데 그 일이라는 게 내 바로 뒤에 앉아 있는 이로엔이라는 게 이상하게 짜증이 난다. 깔끔하게 꾸미고 다니는 모습이며 잘난 척하는 모습이 하나같이 눈에 거슬린다. 엄마가 내게 신경을 못 쓰는 것도, 피곤해서 코피를 흘리는 것도 다 이로엔 때문인 것 같다. 다음 날 내가 로엔에게 집요하게 말을 걸어 댄 건 그런 이유로 괜히 삐딱해진 마음 때문인지도 모르겠다. 물론 나는 노골적으로 싫은 티를 내는 바보는 아니다.

"뭐 해? 또 혼자 공부해?"

"응."

"전에 다닌 학교에서도 공부 잘했어? 어디 다녔어? 무슨 학교?"

"사적인 대화 싫어한다고 했을 텐데."

로엔은 책에서 시선을 떼지 않은 채 고개도 안 들고 대답했다. 나는 바짝 약이 오른 걸 티 내지 않으려고 일부러 목소리에 애교까지 섞어 가며 치근덕댔다.

"왜? 알려 주면 안 돼?"

"말해 줘도 몰라."

"나 웬만한 학교 다 알아. 다른 도시에서 왔어? 사투리는 안 쓰는 거 같은데."

"브롱크스에 있는 퀸스 고등학교."

"브롱…… 어디? 아, 그래."

역시 철저하게 준비했구나. 그래야겠지. 전에 다녔다는 학교에 이로엔이라는 애가 있었냐고 물어보면 금방 들통이 날 테니까. 엄마가 일은 참 꼼꼼하게 한다니까. 집에서는 화장실 불도 제대로 안 끄고 다니면서. 오기가 생긴 나는 포기하지 않고 계속 달라붙었다.

"그렇구나. 와, 그럼 영어 엄청 잘하겠다. 부러워!"

내가 호들갑을 떨자 로엔은 그제야 고개를 들고 빤히 나를 바라봤다. 그러고는 차가운 목소리로 단호하게 말했다.

"전학생이라고 신경 써 주는 거 고맙기는 한데, 나는 그런 거 필요 없으니까 서로 에너지 낭비하지 말자. 공부해야지."

"너 공부 진짜 잘하나 보다. 목표가 어딘데? 의대?"

"목표라……."

로엔은 그렇게 말하고 잠시 말을 멈췄다. 눈을 굴리

는 모습이 진짜로 뭔가를 생각하는 것 같았다. 저 눈동자 뒤편에 복잡하게 얽힌 전자부품이 있고 그 회로에 0과 1이 흐르며 내게 대답할 말을 계산하고 있다는 게 도저히 믿기지 않았다. 짧게 이어진 침묵을 깨고 로엔이 던진 말에 나는 한 방 얻어맞았다.

"너 참 별로다."

"뭐? 뭐라고?"

"나랑 친해지고 싶어?"

"아니, 나는 그냥……."

"난 별로 너와 친해지고 싶지 않은데. 이제 그만 좀 가 줄래?"

당황하기는 했어도 별로 마음이 상하지는 않았다. 어차피 이로엔은 안드로이드니까. 나 역시 진지하게 친해지고 싶었던 건 아니다. 그런데 로엔이 옆에 놓여 있던 작은 종이 팩을 들고는 빨대를 쪽 빠는 걸 보며 가슴이 철렁 내려앉았다.

초코우유. 우리 집 냉장고에 쌓여 있던 것과 똑같은 초코우유였다.

2

넌 진짜 누구니

“칠판에 이거 적은 사람 누구야. 자수해.”

아무도 손을 들지 않았다. 여기저기서 킥킥대는 소리만 들려왔다. 자수하는 사람은 없을 거다. 내가 적었으니까. 그리고 난 자수 안 할 거니까.

선생님은 ‘이로엔은 안드로이드다’라는 문구가 커다랗게 적혀 있는 칠판을 탁탁 두드리며 다시 호통을 쳤다. 그렇다. 나는 이로엔의 테스트를 하루빨리 끝내 버려야겠다고 결심했다. 이로엔이 안드로이드라는 게 들통나면 실험은 끝난다. 엄마가 밤을 새우며 일하다 코피를 쏟는 일도 멈출 거다. 초코우유를 좋아하는 게 자기 딸인지, 자기가 만든 안드로이드인지 착각하는 일도 없을 거다. 그리고 무엇보다, 나도 더 이상 이로엔을 보지 않아도 된다.

당연히 아무도 손을 들지 않았다. 선생님은 한숨을 푹 쉬더니 버튼을 눌러 칠판을 지웠다.

"너희들, 전학생이 적응을 잘 못하면 더 신경 써 줄 생각을 해야지. 이런 장난이나 치고 말이야. 다시 한번 이런 일이 있으면 선생님 정말 가만히 안 있을 거야."

뭔가 잘못 돌아가고 있었다. 내 예상과는 분위기가 좀 달랐다. 잠깐만요, 선생님. 장난이 아닌데요. 이로엔은 정말 안드로이드라고요. 우리 엄마가 만들어서 지금 테스트하는 거예요. 이로엔이 있을 곳은 교실이 아니라 실험실이라고요.

속으로 외쳐 봐야 소용없었다. 내가 큰맘 먹고 저지른 폭로는 버튼 하나로 없던 일이 되어 버렸다. 그게 전부가 아니었다. 상황은 계획과 정반대로 흘러갔다.

"야, 안드로이드."

쉬는 시간에 양소희가 로엔에게 다가가 툭 말을 건넸다. 양소희는 아마 뒤에서 로엔이 재수 없다는 말을 제일 많이 한 사람일 거다. 순식간에 주변이 조용해졌다. 로엔이 고개를 돌려 소희를 바라봤다. 여전히 차갑고 쌀쌀맞은 표정이었다. 아무리 봐도 안드로이드 같았다. 로엔이 말했다.

"티 나?"

"푸하하하. 야, 너 진짜 웃긴다. 일부러 그러는 거야?"

소희가 폭소를 터뜨렸다. 주변에 있던 아이들이 따라 웃자 로엔의 입꼬리도 살짝 올라갔다. 소희가 로엔의 팔을 툭툭 치며 말했다.

"대박 진짜. 너 컨셉 장난 아니다. 알았어, 인정. 앞으로 안드로이드라고 불러 줄게."

"편할 대로 해."

그렇게 로엔의 별명은 안드로이드가 되었다. 다시 말해 별명이 안드로이드인 사람이 되었다. 로엔의 비밀은 폭로되지 않았다. 오히려 나는 눈여겨보면 티가 날 만한 로엔의 어색한 모습들을 더 그럴듯하게 가려 준 셈이 되었다. 엄마는 여전히 바빴고 예전보다 더 일에 몰두했다. 기분은 좋아 보였다. 일부러 심술을 부려도 잔소리를 늘어놓기는커녕 웃어넘기는 모습에 내 속은 더 꼬여만 갔다.

“서나리! 너 무슨 화장실을 이렇게 오래 써!”

“아, 몰라! 배 아파!”

“드라이어라도 좀 줘. 엄마 늦었어!”

“그럼 일찍 일어나든가!”

문밖에서 엄마의 한숨 소리가 들렸다. 한참을 더 미적거리다 나가 보니 엄마는 이미 출근한 뒤였다.

너무 미적거린 탓에 하마터면 지각을 할 뻔했다. 제대로 빗지도 못한 머리를 휘날리며 엉망이 된 모습으로 교실 뒷문을 열자 이미 자리에 앉아 있는 아이들의 시선이 나에게 꽂혔다. 물론 로엔은 제외였다. 인형처럼 가지런히 빗겨 있는 로엔의 뒷머리를 보니 갑자기 화가 치밀었다. 로엔을 지나쳐 내 자리로 가려다가 나는 그만 나도 모르게 손을 뻗어 로엔의 뒷머리를 마구 헝클어뜨려 버렸다. 그걸 본 소희가 손뼉까지 치며 웃었다.

“와아! 서나리 뭐 하는 거야. 선생님이 안드로이드 괴롭히지 말랬잖아. 푸하하.”

웃기시네. 이로엔은 안드로이드야. 별명이 아니라 진

짜로 안드로이드란 말이야. 아무것도 모르면서. 그런 생각과 동시에 덜컥 겁이 났다. 친구에게 이런 짓을 한 건 처음이었다. 로엔은 나를 잠시 바라보더니 아무 말도 하지 않고 가방에서 빗을 꺼내 내가 헝클어뜨린 머리카락을 가지런히 정리하기 시작했다. 갑자기 눈물이 쏟아질 것 같아서 나는 황급히 책상에 털썩 엎어져 팔 위에 눈을 가져다 대고 꾹 눌렀다. 창피하고 억울했다.

"왜 그래, 나리야? 너 정말 무슨 일 있어?"

배까지 잡고 웃던 소희는 상황이 심상치 않다고 느꼈는지 얼른 다가와 내 팔을 붙잡고 작은 목소리로 물었다. 고개를 들 수가 없었다. 그때 누군가 등을 톡톡 두드렸다. 웅성대던 아이들이 순식간에 조용해졌다. 누가 등을 두드렸는지 알 것 같았다. 나는 얼른 눈물을 닦아내고 손으로 반쯤 얼굴을 가린 채 뒤를 돌아보았다. 예상대로 로엔이었다. 소희는 내 눈치를 보더니 슬그머니 자기 자리로 돌아갔다. 로엔이 빗을 내밀며 말했다.

"빌려줄까?"

"됐어. 나도 있거든."

가방을 뒤져 봤지만 빗은 없었다. 정신없이 나오느라

가방에는 뭐 하나 제대로 들어 있는 게 없었다. 내가 빗을 찾는 동안 로엔은 빗을 내민 손을 거두지 않고 조용히 기다렸다. 한숨을 쉬며 가방을 탁 닫자 로엔이 다시 말했다.

"내가 빗겨 줄 수도 있는데. 안 아프게 빗겨 줄 자신은 없어."

어이가 없었다. 이렇게까지 사람인 척을 한다고? 심지어 나는 로엔의 눈빛에서 나를 조금은 걱정하는 마음과 적당히 거리를 두고 싶은 마음을 동시에 느꼈다. 그게 로엔의 마음인지, 아니면 로엔의 눈에 비친 내 마음인지 모르겠다. 더 시간을 끌면 또 눈물이 터질 것 같아서 나는 로엔의 손에 들린 빗을 채듯 가져와 벅벅 머리를 당겨 빗었다. 빗을 돌려주며 나는 로엔에게 툭 말을 던졌다.

"너 이따 나랑 얘기 좀 해."

조용히 이야기하고 싶었지만 학교 안에서 아이들의 눈을 피할 길은 없었다. 내가 로엔과 옥상으로 올라가는 걸 본 애들은 수군거리며 우리를 졸졸 따라오더니 계단

앞 출입구 쪽에 진을 쳤다. 그나마 바람 소리 때문에 거기까지는 말소리가 들리지 않는 게 다행이었다. 로엔은 내 눈을 바라보며 내가 먼저 말하기를 기다렸다.

"너 솔직히 말해."

"뭘?"

"나 다 알고 있다고."

"혹시 칠판 낙서 말하는 거야? 안드로이드, 그거 네가 쓴 거구나."

대놓고 물어보는데도 로엔은 전혀 당황하지 않았다. 안드로이드라고 말하는 목소리가 생각보다 커서 오히려 내가 당황했다. 칠판에 낙서한 게 나라는 사실을 밝히고 싶지는 않았다. 그게 엄마 귀에 들어간다고 생각하면 끔찍했다. 나는 검지를 입술에 가져다 대며 로엔에게 다가가 속삭였다.

"조용히 해. 진짜로 들키고 싶어?"

"넌 진짜 내가 안드로이드라고 믿는구나."

"아니라는 거야, 지금?"

"그러는 네가 안드로이드 아냐, 혹시?"

"뭐? 야! 말이 되는 소리를 해."

"그럼 네가 하는 말은 말이 되니?"

할 말이 없었다. 나와 이렇게 대화를 나누고 있는 지금만 해도 로엔은 인간과 너무도 똑같다. 사실 로엔이 안드로이드라는 증거는 엿들은 엄마의 전화 통화 내용이 전부다. 물론 나는 로엔이 안드로이드라고 확신한다. 앞뒤 상황과 엄마의 태도를 볼 때 의심의 여지가 없다. 하지만 지금 내 눈앞에 서 있는 로엔에게서는 안드로이드라는 증거가 하나도 보이지 않는다. 혼란스러워진 내가 되물었다.

"그러니까, 넌 안드로이드가 아니라는 거지? 진짜로?"

"물어보고 싶은 건 나야. 그러니까 넌 진심으로 날 안드로이드라고 생각한다는 거지?"

"손 좀 만져 봐도 돼?"

대답도 듣기 전에 나는 덥석 로엔의 손을 잡았다. 로엔은 조금 멈칫했지만 손을 빼지는 않았다. 옥상 문 뒤에서 애들이 웅성댔다. 그러거나 말거나 나는 조금 심하다 싶은 정도로 로엔의 손을 주무르고 움직여 보았다. 로봇이라는 느낌은 손톱만큼도 들지 않았다. 심지어 따뜻하기까지 했다.

"칼로 살짝 베어 봐도 돼?"

"마음대로 해."

물론 정말로 그렇게 할 생각은 없었다. 얄밉게도 로엔은 내 말이 진심이 아니라는 걸 알았다. 여전히 냉정하고 쌀쌀맞은 애였지만, 적어도 한 가지는 예전과 달랐다.

"근데 너 왜 이렇게 나한테 대답 잘해 줘? 나랑 친해지기 싫다며."

바보 같은 내 질문에 로엔은 잠시 고민하더니 이렇게 대답했다.

"그렇다고 원수지고 싶지도 않아서."

오늘도 엄마는 야근이다. 집에 돌아오자마자 가방을 벗어 던지고 엄마의 서재를 뒤지기 시작했다. 엄마가 일 얘기를 할 때마다 나는 귀를 막거나 한 귀로 듣고 한 귀로 흘렸다. 보나 마나 왜 내게 신경을 못 써 주는지에 대한 변명으로 이어질 게 뻔해서였다. 안드로이드와 인간의 다른 점에 대한 이야기도 여러 번 했었는데 기억에 남는 건 하나도 없다. 대놓고 물어보면 수상하게 생각할 테니 내가 직접 알아봐야 했다.

처음에는 엄마의 일을 덜어 주고 싶다는 마음뿐이었다. 엄마를 바쁘게 만든 이유라는 생각 때문에 로엔이 마음에 들지 않았다. 그러면서도 한편으로는 얼마나 잘 만들어졌는지 궁금했다. 그런데 언젠가부터 질투가 나기 시작했다. 로엔은 너무나 사람과 똑같았다. 그 모습이 엄마가 로엔에게 얼마나 많은 시간을 쏟았는지를 증명하는 것 같아서 싫었다. 엄마는 나보다 완벽한 로엔을 더 좋아할지도 모른다는 생각마저 들었다. 다른 걸 다 떠나서 엄마가 나보다 로엔에게 더 신경을 쓰고 있는 건 분명한 사실이다.

로엔은 안드로이드다. 어쩌면 엄마조차 그 사실을 잊고 있는지도 모른다. 내가 그걸 증명해 줄 거다. 로엔이 안드로이드라는 제대로 된 증거를 잡아 실험실로 돌려보낼 계획이다. 로봇이니 인공 지능이니 하는 거, 엄마만 잘 아는 거 아니다. 내가 아무리 엄마 말을 대충 들었어도 방바닥을 기어 다닐 때부터 엄마가 컴퓨터와 씨름하는 걸 보고 살았는데. 로엔이 안드로이드라는 것만 증명하면 되니, 그것쯤은 아무것도 아닐 거다.

그렇게 생각하며 자신만만하게 달려들었지만 생각처럼 쉽지가 않았다. 엄마의 서재에 꽂힌 책들은 내게 너무 어려웠다. 엄마가 강조하던 몇몇 단어가 눈에 들어오기는 했는데 딱 거기까지였다. 지금부터 공부를 시작해서 될 일이 아니었다. 엄마의 컴퓨터에는 비밀번호가 걸려 있었고 일과 관련된 자료는 서재에 남아 있지 않았다.

막막함에 잠깐 의자에 앉아 넋을 놓고 있는데 문득 방 한쪽에 놓인 파쇄기가 눈에 들어왔다. 보안 때문에 파쇄기까지 사다 놓고 집에서 일하는 게 너무 힘들다며 투덜대던 엄마의 목소리가 뇌리를 스쳤다. 자리에서 벌떡 일어나 파쇄기를 열어 보니 아니나 다를까 잘게 잘린 종이 뭉치들이 수북했다. 그중 한 가닥에는 로엔이라는 글자가 가장자리가 잘린 채로 찍혀 있었다.

밤을 꼬박 새우며 종잇조각을 맞춰서 겨우 몇 장의 서류를 건졌다. 그러다 깜박 잠이 든 모양이다. 눈을 떠 보니 외출복 차림의 엄마가 보였다. 출근 준비를 한 게 아니라 퇴근을 하고 막 집에 온 거였다. 깜짝 놀라 방을 둘러보았다. 다행히 파쇄기를 뒤진 흔적은 남아 있지 않았다. 웬일로 늦잠을 자느냐며 걱정스러운 말투로 묻는 엄마에게 대충 얼버무리고는 화장실로 뛰어들었다. 엄마 역시 밤을 새우고 들어와 피곤했나 보다. 서둘러 씻고 집을 나올 때쯤에는 방에서 코 고는 소리가 들렸다.

파쇄기에서 건진 자료는 몇 장 되지는 않아도 로엔이 안드로이드임을 증명하는 결정적인 증거였다. 안드로이드가 먹는 음식에 대한 서류도 있었다. 안드로이드가 밥을 먹게 할 것인가는 개발팀에서도 꽤 논란이었나 보다. 반대파는 실제 안드로이드에는 필요도 없는 기능에 너무 많은 개발비를 써야 한다는 게 불만이었고, 찬성파는 고등학생이 급식 시간에 밥을 먹지 않는 건 말이 안 된다고 주장했다. 엄마의 의견은 찬성과 반대 표시 없이 이렇게만 적혀 있었다. '밥을 먹는 행동은 연관 노드 수가 많아 실제로 먹지 않으면 대체 기억의 모순도가 급증, 자아 정합성이 급격히 악화될 수 있음.' 무슨 말인지 전혀 이해할 수 없었다.

그래도 그다음 부분은 흥미로웠다. 개발비 절약을 위해 먹는 행위까지만 구현하고 배 속으로 들어간 음식물은 로엔이 수면 모드일 때 옆구리에 설치된 배출구로 빼낸다는 내용이었다. 생각해 보면 로엔은 안드로이드니 몸속에는 배터리가 들어 있고 주기적으로 충전도 해야 할 거다. 그렇다면 몸 어딘가에는 충전기를 꽂을 수 있는 단자가 있을 거다. 그걸 찾아내면 아마 로엔은 꼼짝없이 자신이 안드로이드라는 사실을 인정해야겠지.

뭐가 되었든 일단은 로엔과 부딪쳐야 했다. 지난번에 그런 소동을 부렸어도 로엔은 대놓고 나를 피하진 않았다. 정말로 원수지기 싫어서 그런 건지 오히려 더 잘 대해 준다는 느낌도 들었다.

나는 일단 로엔과 점심을 같이 먹어 보기로 했다.

3

넌 안드로이드야

점심시간 종이 울리자마자 아이들은 기다렸다는 듯이 자리에서 일어나 급식실로 달려갔다. 그중에서도 제일 먼저 일어선 양소희가 다른 애들을 제치고 가려다가 여전히 자리에 앉아 있는 나를 보고는 눈을 동그랗게 뜨며 멈춰 섰다.

"서나리! 안 가고 뭐 해?"

"오늘부터는 밥을 좀 천천히 먹어 보려고."

"뭐? 왜? 어디 아파?"

"아프긴! 건강에 좋다잖아, 천천히 먹는 게. 너도 동참해."

"너 요즘 정말 이상해. 아이씨, 늦었잖아!"

소희는 행여나 내가 붙잡을까 봐 걱정이 됐는지 뒤도 안 돌아보고 달려 나갔다. 교실이 텅 비고 나서야 로엔이 자리에서 일어났다. 그러고는 헤드폰을 쓰고 느긋하게 급식실로 향했다. 나도 조용히 그 뒤를 따라갔다.

바로 뒤에서 배식을 받는데도 로엔은 내게 눈길 한번 주지 않았다. 로엔은 구석 테이블에 자리를 잡고 앉아서는 들고 온 책을 식판 옆에 펼쳤다. 그 앞에 밥과 반찬이 가득 담긴 식판을 탁하고 내려놓자 그제서야 로엔이 슬쩍 나를 올려다보았다. 그러고는 다시 옆에 펼쳐진 책으로 눈을 돌렸다. 그러거나 말거나 나는 그 앞에 털썩 주저앉아서 로엔보다 훨씬 빠른 속도로 밥을 먹었다. 아무 말도 없이 마주 앉아서 밥만 먹는 걸 같이 먹는다고 할 수 있을지는 모르겠지만 적어도 로엔이 먼저 자리를 피하지는 않았다.

나는 로엔이 밥을 먹는 모습을 유심히 지켜보았다. 기분 나쁘다고 하면 그만두려고 했는데 로엔은 개의치 않는 듯했다. 안타깝게도 로엔이 밥을 먹는 모습에서는 안드로이드라는 증거를 찾을 수 없었다. 굳이 트집을 잡자면 한 번에 입으로 가져가는 밥의 양이 놀라울 정도로 비슷해 보이기는 했다. 왠지 세어 보면 밥알의 개수까지 똑같을 것 같았다. 아무리 그래도 그것만으로 안드로이드라고 몰아붙일 수는 없었다.

"맛있어?"

괜히 한마디 건네 보았지만 로엔은 책에서 시선을 떼지 않은 채 말없이 미트볼만 씹었다. 내가 젓가락을 쥔 손으로 책 위를 휘젓자 로엔이 고개를 들었다.

"맛있냐고."

내 입이 움직이는 걸 본 로엔이 헤드폰을 벗었다. 세 번을 물어본 뒤에야 겨우 대답이 돌아왔다.

"응."

그렇게만 대답하고 다시 헤드폰을 쓰려는 로엔에게 재빨리 말을 걸었다.

"뭐 들어?"

움직임을 잠시 멈췄던 로엔이 이번에는 대답도 없이 다시 헤드폰을 쓰려고 했다. 나는 다급하게 최대한 낮춘 목소리로 물었다.

"나랑 원수 되고 싶어?"

로엔은 아랑곳하지 않고 다시 헤드폰을 눌러썼다. 그러고는 책장을 넘기며 대답했다.

"아무것도 안 들어."

"뭐?"

"헤드폰. 아무것도 안 듣는다고."

그러고 보니 로엔은 지금 헤드폰을 쓴 채로도 내 말에 잘 대답하고 있다.

"야, 근데 너 내가 처음에 물어봤을 때는 왜 못 들은 척했어?"

"밥 먹으면서 말하기 싫어서."

당연한 대답이다. 그러니까 음악도 듣지 않으면서 헤드폰을 쓰고 있었겠지. 정말 지독하다 싶었다. 사실 밥을 먹지 않을 때도 말하기 싫을 거다. 자꾸 말하다 보면 안드로이드인 게 들통날 수 있으니까. 그래서 아무와도 친해지고 싶지 않은 거고. 따지고 보면 나와 원수지고 싶지 않다는 말도 너무 밀어내려 하다 보면 오히려 주목받을 수도 있으니 적당한 선에서 조용한 관계를 유지하고 싶다는 뜻일 거다. 그렇다면 더 귀찮게 매달려 줘야겠다는 생각이 들었다.

"그럼 밥 다 먹고 나서 얘기하자. 같이 산책해."

"내가 왜 너랑 산책을 해?"

로엔이 순순히 승낙할 거라고는 생각하지 않았다. 나는 준비해 온 초코우유를 꺼내 로엔 앞에 올려놓았다.

파쇄기에서 건진 자료엔 몇 가지 내용이 더 있었다. 엄마는 로엔에게 음식에 대한 호불호가 있어야 한다고 주장했다. 그러니까 음식을 먹는다면 좋아하는 음식과 싫어하는 음식이 있어야 자연스럽다는 거다.

사람이 무언가를 좋아할 때는 이유가 있다. 그런데 안드로이드에게는 음식을 좋아할 이유가 없다. 그러니 로엔이 뭘 좋아할지는 일일이 정해 줄 수밖에 없다. 서류에는 몇 가지 음식이 10점 만점으로 표현된 호감도와 함께 예시로 나와 있었다. 로엔이 좋아하는 음식은 치킨, 떡볶이 등이었는데 그중 유일한 10점짜리가 초코우유였다. 다시 말해서 로엔은 초코우유를 무척 좋아하도록 정해져 있다.

로엔은 잠시 고민하는 듯 내 표정과 초코우유를 번갈아 바라봤다. 서류에 10점이라는 호감도가 얼마나 강력한지는 나와 있지 않았다. 하기 싫은 산책을 같이하게 할 정도는 아닌지도 모른다. 나는 승낙해 달라는 마음을 잔뜩 담아 로엔을 바라보며 눈을 빛냈다. 그 눈빛 때문이었는지 아니면 초코우유 때문이었는지 로엔은 어쩔 수 없다는 듯 짧게 한숨을 내쉬고는 고개를 끄덕였다.

운동장을 함께 돌며 나는 짓궂다 싶은 정도로 로엔에게 이것저것 캐물었다. 로엔은 억지로 끌려 나온 사람답지 않게 내가 던지는 질문에 꼼꼼하게 대답을 잘해 주었다. 개인적인 질문은 꺼리는 기색이 역력했지만 적어도 수상해 보이는 대답은 없었다. 어쩌면 어떤 질문을 받아도 안드로이드라는 걸 들키지 않을 수 있다는 계산이 끝나서 산책을 승낙한 건지도 모른다. 초코우유를 마시는 모습도 완벽했다. 팩에 꽂힌 빨대로 한 모금을 쭉 빨아들이고는 로엔이 물었다.

"왜 그렇게 나한테 관심이 많아?"

"글쎄, 궁금한 건 못 참는 성격이라서?"

"그러면 다시 물어볼게. 내가 안드로이드라고 그렇게까지 확신하는 이유가 뭐야?"

그야 우리 엄마가 널 만들었으니까, 라고 말할 수는

없었다. 엄마의 전화 통화를 엿들은 데다가 파쇄기에서 찾아낸 보안 서류를 훔쳐보기까지 했다는 걸 알리고 싶지는 않았다.

"내가 좀 촉이 좋아."

"다른 사람이 안드로이드라는 의심은 보통 촉만 가지고는 잘 안 하지 않아?"

"그럼 뭐 하나만 물어봐도 돼?"

"여태까지 계속 물어봤잖아. 그러려고 이거 사 준 거 아냐?"

그렇게 말하며 로엔은 다시 한번 초코우유를 쪽 빨아들였다. 정말 맛있다는 표정이다. 솔직히 촉으로만 따지면 로엔은 인간이다. 거짓말이 드러날 때까지 캐묻는 것밖에는 방법이 없다.

"그러니까 넌 네가 안드로이드가 아니라는 거지?"

"대답할 가치가 있는 질문인지 모르겠다."

"좀 이상한 질문이라는 건 인정해. 그래서 말인데, 네가 아주 간단하게 내 의심을 풀어 줄 방법이 하나 있어."

"뭔데?"

"옆구리 한 번만 보여 줄래?"

같이 걷던 로엔의 발이 딱 멈췄다. 너무 직설적으로 물어봤나 싶긴 했다. 아니나 다를까 로엔은 인상을 찌푸리며 나를 노려보았다.

"너 변태니?"

"너무 이상하게 생각하지 말고. 이유가 있어서 그래. 거기에 아무것도 없다는 것만 확인하면 다시는 귀찮게 안 할게."

"거기에 뭐가 있어야 하는데?"

"어, 그게……."

내가 머뭇거리자 로엔은 남은 초코우유를 쭈욱 빨아들이고는 내게 말했다.

"잘 마셨어. 먼저 들어갈게."

그렇게 대놓고 물어보는데 순순히 옆구리를 보여 줄 리 없었다. 산책하는 동안 방심한 모양이다. 그래도 나는 로엔이 적어도 당황이라도 할 줄 알았다. 하지만 로엔은 당황은커녕 한심하다는 표정으로 나를 바라보았다. 자신이 안드로이드라는 걸 숨기고 있다는 낌새는 조금도 없었다.

지금껏 나는 로엔이 거짓말을 하고 있다고 생각했다. 그런데 억지로 달라붙어서 대화를 할수록 로엔은 정말로 자신이 인간이라고 생각한다는 느낌이 들었다. 하지만 말도 안 되는 일이다. 배출구에서 음식물을 빼내는 건 자는 동안 몰래 한다고 치자. 아무리 그래도 자기 몸에 뭐가 달려 있는지조차 모를 수는 없을 텐데. 눈치채지 못할 정도로 정교하게 숨겨져 있는 걸까. 배출구는 그렇다고 쳐도 화장실은 어떻게 해결하는 거지? 아무리 생각해 봐도, 개발비를 아끼려고 배출구를 달아 놓은 안드로이드에게 그 이상의 정교한 위장 장치를 달아 줄 것 같지는 않았다.

하지만 로엔의 반응은 연기라고 하기에는 너무 자연스러웠다. 물론 인공 지능으로 거짓말을 하면 사람보다 훨씬 잘하는 게 당연할지도 모른다. 아무리 그래도 나는 로엔이 스스로를 사람이라고 믿고 있다는 느낌을 지울 수 없었다. 문득 서류에서 읽었던 이해할 수 없는 말 중에 대체 기억이라는 단어가 떠올랐다. 설마, 기억을 조작당해서 자기가 안드로이드라는 사실을 모를 수도 있는 걸까.

"생각을 바꿔 보기로 했어."

언제나처럼 헤드폰을 쓰고 묵묵히 밥을 먹는 로엔에게 말을 걸었다. 로엔은 반응이 없었다. 내가 다그쳤다.

"들리는 거 다 아니까."

"얘기해. 듣고 있으니까."

"그러니까, 널 믿어 보려고."

로엔은 대답 대신 어깨를 으쓱했다. 이 정도로는 관심이 가지 않는 모양이다. 내가 말을 이었다.

"넌 진심으로 네가 인간이라고 생각하는 거잖아. 그렇지?"

"이제야 그걸 알았어?"

"내가 가진 정보로는 넌 안드로이드가 맞거든. 유일한 가능성은 로엔 네가 너 자신에게 속고 있다는 거야. 정확히는 널 만든 사람들에게지만."

야무지게 밥을 씹던 로엔의 턱이 탁 멈췄다. 적어도 반응은 해 줬으니 다행이다. 그래도 대답할 가치는 없다고 생각했나 보다. 나는 다시 밥을 씹기 시작한 로엔에게 몸을 바짝 기울이며 속삭였다.

"밤에 말야. 너는 네가 잠을 잔다고 생각하겠지만, 사실은 그때 관리팀에서 널 관리하는 거야. 낮에 먹은 음식물도 처리하고. 그러니까, 옆구리에 있는 배출구를 통해서 말이야. 충전도 하고. 데이터도 내려받고. 필요하면 업그레이드도 하고. 그렇게 하고 관리팀이 다 철수하고 나면 아침에 네가 깨어나는 거지. 흔적은 모두 지워졌고."

"너 진짜 중증이구나."

"그래서 말인데, 너 누구랑 같이 사는 거야? 부모님?"

로엔이 입 안에 있던 음식을 조용히 씹어 삼키더니 식판 위에 숟가락을 내려놓았다. 그러고는 보던 책을 덮고 헤드폰을 벗어 그 위에 올려놓았다.

"서나리, 내가 개인적인 대화 안 좋아한다고 했지. 선 넘지 마."

그렇게 말하고는 음식이 절반이나 남은 식판을 들고 가 버리는 로엔을 나는 그냥 멋쩍게 바라볼 수밖에 없었다. 처음으로 로엔에게 조금 미안한 마음이 들었다. 그동안 이런저런 방법으로 로엔을 귀찮게 하면서도 미안하지는 않았다. 안드로이드라고 생각했기 때문이다. 지금도 그 생각엔 변함이 없다. 그래도 이번에는 미안했다. 단순히 귀찮게 해서가 아니었다.

어쩌면 로엔은 진심으로 자신이 사람이라고 생각하는지도 모른다. 안드로이드라는 사실을 깨닫게 해 주는 게 꼭 나쁘다고 할 수는 없다. 로엔 입장에서도 기억을 조작당하며 사는 것보다는 그냥 자신이 안드로이드라는 사실을 인정하는 게 나을지도 모른다.

그런데 문득 로엔에게는 부모님에 대한 기억이 있을 거란 생각이 들었다. 부모님이 아니더라도 어렸을 때부터 키워 준 사람에 대한 기억은 있어야 했다. 아마도 그 사람은 로엔에게 소중한 사람일 것이다. 설령 그 기억이 모두 조작된 가짜 기억일지라도.

"나리야! 너 또 늦잠 잤어? 왜 아직 집에 있어? 너 요즘 좀 이상하다."

엄마는 오늘도 밤을 새우고 아침에 들어와서는 이불을 뒤집어쓰고 뒹구는 나를 흔들어 깨웠다. 학교에 갈 시간이 지난 건 맞지만, 오늘은 토요일이다.

"이상한 건 엄마지. 벌써 며칠째 야근하고. 오늘이 무슨 요일인지도 모르고. 조금만 버티면 끝난다더니 어떻게 갈수록 더 바빠져?"

"그러게, 예상보다 좀 길어지고 있긴 해. 근데 오히려 더 잘된 거야. 이번 프로젝트만 마무리되면 관리자로 승진할 수 있고, 그러면 지금보다 시간 내기도 쉬울 거고. 엄마가 승진만 하면 우리 나리 손에 물 안 묻히고 살 수 있게 해 줄게! 너도 내년에 고3이니까. 그렇지?"

그렇게 말하는 엄마는 정말로 기분이 좋아 보였다. 사람인 척하는 로엔의 테스트는 엄마가 예상한 것보다도 훨씬 오래 성공하고 있는 모양이었다. 실제로도 로엔이 안드로이드가 아닌지 의심하는 사람은 나를 제외하고는 없으니까.

"참 대단한 거 해 준다. 됐고, 손에 든 건 뭐야? 뭐 사 왔어?"

엄마는 멋쩍은 듯 들고 있던 비닐봉투를 뒤로 숨겼다. 얼른 낚아채 열어 보니 컵라면과 삼각김밥이었다.

"밥도 안 먹고 일한 거야? 진짜 못 살아. 맨날 라면만 먹고. 씻고 나와. 볶음밥이라도 해 줄게."

"볶음밥, 좋지! 역시 우리 나리가 최고야!"

엄마가 옷을 갈아입는 동안 얼려 놓았던 밥을 전자레

인지에 돌리고 미리 썰어 놓은 야채와 햄을 꺼내 볶기 시작했다. 이럴 때면 정말 누가 엄마고 누가 딸인지 모르겠다.

아주 어렸을 때부터 나는 엄마와 둘이 살았다. 엄마에 대한 기억이 좋기만 하다면 거짓말일 거다. 엄마는 항상 바빴고 나는 많은 시간을 혼자 집에 있어야 했다. 혼자 있는 건 싫었지만 엄마가 밉지는 않았다. 솔직히 엄마는 멋있었다. 그렇게 멋진 엄마와 한집에서 티격태격하며 지낸다는 게 우쭐하기도 했다. 집안일을 도맡아 하는 것도 따지고 보면 내가 자청한 면이 있다. 웃었던 기억보다는 서로 구박했던 기억이 더 많지만, 그래도 모두 소중한 기억이다.

로엔이 거짓말을 하는 게 아니라면 아마 그 애에게도 그런 기억들이 있을 거다. 다만 그 기억들은 만들어진 기억이겠지. 엄마에 대한 내 기억이 모두 가짜라면, 엄마가 사실은 엄마가 아니라 날 만든 개발자라면 어떤 기분일까.

"엄마, 엄마가 만드는 안드로이드 말이야. 기억도 막 조작할 수 있어?"

"어. 음, 뭐. 그렇지."

볶음밥을 후후 불던 엄마에게 불쑥 물어보았다. 내가 무슨 짓을 하고 있는지 엄마가 눈치채는 게 싫어서 안드로이드 이야기는 될 수 있으면 안 하려고 했는데, 계속 그 생각만 하고 있다 보니 갑자기 말이 나와 버렸다. 다행인지는 몰라도 그런 것까지 신경 쓸 여유가 없는 듯 엄마는 내 질문을 별로 수상하게 여기지 않았다. 나는 내친김에 좀 더 캐물었다.

"그럼 가짜 기억을 만들어서 넣어 놓으면 안드로이드는 그게 진짜라고 믿으면서 산다는 거네? 어제 있었던 일도 없었던 것처럼 지워 버릴 수도 있고."

"다 가능은 한데, 말처럼 쉬운 건 아냐. 너무 멋대로 조작하면 자아 정합성이 깨질 수 있어서. 아, 미안. 너 이런 거 길게 설명하는 거 싫어하지."

"설명해 봐."

"쉽게 말하면 기억에 일관성이 있어야 한다는 뜻이야. 예를 들어 너한테 어제 뉴욕에 있었던 기억을 집어넣는다고 쳐 봐. 그 기억이 아무리 생생해도 네가 뉴욕행 비행기를 탄 기억이 전혀 없다면 좀 이상하다고 생각하겠지."

"그야 그렇겠지. 그러니까 가능한 일이어야 한다는 뜻이야?"

"그것도 그렇지만 그 기억이 네가 할 만한 일이기도 해야 해. 너 망고 싫어하지? 그런데 네가 망고를 맛있게 먹은 기억이 난다면 이상할 거 아냐. 그럼 네가 망고를 싫어한다는 기억까지 조작해서 망고를 좋아한다고 믿게 만들어야 자연스럽지. 그런데 그렇게 하려면 또 네가 망고를 먹고 싫어했던 기억을 전부 찾아내서 바꿔 줘야 해. 그런 식으로……."

엄마는 언제나처럼 자기 논리에 빠져서 내가 듣든 말든 신경도 쓰지 않고 설명을 늘어놓기 시작했다. 그런데 이번에는 고분고분 듣고 있는 내가 이상했나 보다. 갑자기 말을 멈춘 엄마가 수상한 눈초리로 나를 훑어보았다.

"그런데 나리 너 왜 갑자기 안드로이드에 이렇게 관심이 생긴 거야?"

"아니, 그러니까, 만약에 내가 안드로이드라면 말야. 내가 엄마하고 겪었던 일, 함께 했던 기억, 이런 게 다

가짜일 수도 있는 거잖아. 엄마가 내 진짜 엄마가 아닐 수도 있고. 그렇지?"

"뭐? 아휴. 난 또 뭔 소린가 하고. 쓸데없는 생각 하지 마. 기억을 조작하는 게 그렇게 쉬운 게 아냐. 너하고 내가 보냈던 세월이 얼만데. 최신 기술로도 그렇게 많은 기억을 다 만들어 넣을 수는 없어. 넣는다고 해도 금방 자아 정합성이 깨질 거고. 아우, 엄마 피곤해서 좀 쉬어야겠다. 눈이 막 감기네. 볶음밥 잘 먹었어!"

엄마가 말한 자아 정합성이라는 게 뭔지 백 퍼센트 이해할 수는 없었다. 어쩌면 이중인격하고 비슷한 건지도 모르겠다. 지킬 박사와 하이드처럼 말이다. 로엔에게서도 그런 모습이 보였다. 자신이 안드로이드라는 사실을 철저하게 숨기려 하는 지킬 박사와 자신이 진짜 어떤 존재인지 알아내고 싶어 하는 하이드. 나만 알아챌 수 있을 정도로 아주 미묘한 수준이었지만 확실히 로엔은 처음과 달라져 있었다.

로엔이 다른 사람을 대하는 모습은 여전히 쌀쌀맞고 재수 없다. 일부러 그렇게 행동해서 안드로이드임을 숨기려 한다고 생각하면 모든 게 딱 맞아떨어진다. 하지만 나와 이야기할 때는 조금 달랐다. 일부러 숨기는 게 아니라 진짜 자신이 사람이라고 믿는 것 같았다. 어떨 때는 내가 캐묻는 걸 딱 자르고 돌아서다가도 또 어떨 때는 자기가 더 적극적으로 사람임을 증명하고 싶어 했다. 초코우유를 사 줘야 하기 싫은 산책을 겨우 따라나서는 것처럼 보이다가도 가끔은 먼저 초코우유를 사 달라는 눈치를 보내기도 했다.

오늘이 그런 날이었다. 함께 운동장을 돌던 로엔이 초코우유를 한 모금 쪽 빨아들이며 중얼거렸다.

"네가 말한 거, 좀 생각해 봤는데. 이상하긴 해."

"그래? 이제 네가 안드로이드일지도 모른다는 의심을 하기 시작한 거야?"

"아니, 난 안드로이드가 아냐."

로엔이 바로 대답했다. 안드로이드라는 걸 숨기는 지킬 박사의 모습이었다. 하지만 정말 철저히 숨기려 했다면 초코우유를 핑계로 나와 산책하지도 않았을 거다. 내가 좀 더 캐물었는데도 오늘은 전처럼 딱 자르고 도망가지 않았다.

"뭐야, 그럼 뭐가 이상하다는 거야."

"꼭 집어 말할 수는 없는데, 서나리 너와 관련된 건 뭔가 앞뒤가 안 맞아. 나 지금도 이렇게 너랑 같이 걸으면서 얘기하고 싶지 않아."

"근데 왜 불렀어?"

"이거. 초코우유 얻어 마시려고."

그렇게 말하며 로엔은 아까보다 길게 쭈욱 하고 초코우유를 빨아들였다. 어이없어하는 내게 로엔이 마저 설명했다.

"보통은 그런 일이 잘 없는데 너에 대해 생각하다 보면 자꾸 오락가락해. 퍼즐 조각 하나가 거꾸로 끼워져 있는 느낌이야. 지금도 이런 말을 해야 할지 말아야 할지 결정을 못 하겠어. 그런데 초코우유는 맛있으니까. 이걸 얻어 마신다고 생각하면 너랑 얘기하고 싶다는 쪽으로 살짝 마음이 기울거든."

"너 이렇게 길게 말하는 거 처음 본다."

"길게 말하는 거 싫어하니까. 이게 마지막일지도 몰라. 그래서 좀 도와줬으면 좋겠어."

"도와달라고? 뭘?"

"나한테 자꾸 달라붙어서, 내가 싫다고 해도 이상한 거 자꾸 물어보고 그래 줘. 그러다 보면 어긋난 퍼즐 조각이 제대로 끼워질 수도 있을 것 같거든. 이거, 잘 마셨어."

그렇게 말한 로엔은 남은 초코우유를 거품 소리가 날 때까지 빨아들이고는 빈 팩을 흔들어 보였다. 먼저 교실로 들어가려는 로엔을 붙잡고 내가 물었다.

"이로엔, 사실은 네가 안드로이드라면, 그러니까 그렇다고 치면. 그럼 너는 그 사실을 알고 싶어, 아니면 영원히 모르고 살아가고 싶어?"

"고민할 가치가 없는 질문이네. 난 안드로이드가 아니니까."

그렇게 말하는 로엔의 눈빛이 왠지 예전과는 조금 달라 보였다.

4

난 안드로이드가 아니야

내가 처음 로엔이 안드로이드라는 사실을 밝히려고 했을 때 나는 나와 엄마만 생각했다. 로엔의 입장엔 전혀 관심 없었다. 당연했다. 로엔은 안드로이드니까. 그런데 나는 어느 순간 로엔에 관한 고민을 하고 있었다. 로엔은 자기가 안드로이드라는 사실을 알고 싶을까, 아니면 영원히 모르기를 원할까.

엄마가 해 준 안드로이드 이야기는 대부분 듣자마자 잊어버렸지만 한 가지는 기억난다. 안드로이드에게는 목표가 있다. 엄마는 그게 안드로이드와 인간의 가장 큰 차이점이라고 했다. 인간에게도 목표가 있기는 하다. 공부를 잘하고 싶고, 맛있는 걸 먹고 싶고, 친구들에게 주목받고 싶고, 독립해서 마음대로 살아 보고 싶기도 하고. 그래도 그런 목표들은 내가 정한다. 공부를 잘하는 목표 같은 건 남이 정해 준 것 같기도 하지만, 마음에 들지 않으면 슬그머니 포기하면 된다. 그러니까 인간의 목표는 스스로가 정한다고 할 수 있다. 하지만 안드로이드의 목표는 인간이 정한다.

로엔의 목표는 안드로이드라는 걸 들키지 않는 거다. 인간과 똑같이 행동하고, 소화하지도 못할 음식을 씹어 삼키는 건 전부 그 목표를 달성하기 위해서다. 친구들에게 쌀쌀맞게 굴고 짧게 대답하고 개인적인 대화에 철저하게 벽을 쌓는 것 또한 목표를 수월하게 달성하기 위해 택한 성향일 거다. 안드로이드라는 걸 들키지 않는 게 목표면서 자신이 안드로이드라는 걸 모르는 게 가능할까. 그렇게 되면 자기 목표가 뭔지도 모를 텐데.

“야, 이로엔.”

오늘도 역시 초코우유로 로엔을 꼬드겨 함께 산책을 하던 중이었다. 내가 먼저 말을 걸지 않으면 로엔은 아무 말도 하지 않고 초코우유만 쪽쪽 빨며 운동장을 돈다. 평소와는 다르게 한참을 묵묵히 옆에 붙어서 걷기만 하던 내가 툭 말을 건네자 로엔이 빨대에서 입을 떼고 물었다.

“너 또 이상한 거 물어보려고 그러지? 안드로이드 같은 거.”

“넌 꿈이 뭐야?”

“꿈?”

“그러니까, 삶의 목표 같은 거. 가고 싶은 대학이나, 갖고 싶은 직업이나.”

“흠, 목표라.”

얼마 전부터 안드로이드 아니냐며 대놓고 로엔을 추궁하는 일을 망설이게 되었다. 그게 잘하는 일인지 점점 확신이 없어졌다. 그보다 이제는 그냥 궁금했다. 진짜 로엔의 마음은 무엇인지.

잠시 고민하던 로엔이 대답했다.

“그런 거 없어.”

“없다고? 그럼 대체 왜 그렇게 공부를 열심히 하는 거야? 애들하고 얘기도 안 하고 온종일 공부만 하잖아.”

“그냥. 그게 재미있으니까.”

"말도 안 돼."

"내가 생각해도 평범하진 않아."

"그 정도로는 설명이 안 돼. 공부가 그냥 재미있을 수는 없어. 목표라도 있어야지. 힘들어도 꾹 참고 공부를 하는 목표. 헤드폰을 쓰고 다른 애들이랑 말도 안 하고 혼자만 지내면서 개인적인 질문에는 철저하게 벽을 치는 목표 말이야."

결국엔 또 그렇게 캐묻고 말았다. 납득이 가지 않으니 어쩔 수 없었다. 민망해하는 나와 달리 오히려 로엔은 여유로워 보였다.

"그러니까 너는 안드로이드라는 걸 숨기는 게 내 목표라는 거지? 그러면 내 행동을 다 설명할 수 있으니까. 그런데 어떻게 하니. 내가 안드로이드가 아닌데. 그냥 난 그러고 싶어서 그럴 뿐이야. 더 이상 어떻게 설명할까?"

"그냥 간단하게, 그러니까 그걸……."

"옆구리만 보여 주면 된다는 거지? 배출구가 있는지 없는지. 그럼 사람이라는 걸 증명할 수 있으니까."

망설이는 나를 두고 로엔이 먼저 말했다. 내가 깜짝

놀라 물었다.

"보여 줄 거야?"

"아니."

"뭐야. 거봐, 그러니까 내가 자꾸 의심하지. 진짜 사람이라면 못 보여 줄 이유가 없잖아."

"이유가 있지. 내가 그러기 싫으니까. 쓸데없이 남한테 맨살을 보여 주기도 싫고, 사람이라는 걸 증명한다는 것도 웃기고. 그리고 무엇보다, 네가 날 의심하는 게 재밌으니까."

"재밌다고? 내가 널 안드로이드라고 의심하는 게?"

"그래, 재밌지. 그 의심이 사라지면 네가 더 이상 나한테 관심을 안 가질 거 아냐. 이것도 안 사 줄 거고."

로엔은 깔깔 웃으며 그렇게 말하고는 남은 초코우유를 빨대로 쪽 빨아 마셨다. 빈 우유 팩에서 보글보글 거품 소리가 들렸다. 로엔은 그대로 홱 몸을 돌려 교실로 향했다. 잠시 멍하니 서 있던 나는 얼른 로엔을 쫓아가 붙잡았다.

"이거 봐, 이거 봐. 또 말이 안 되잖아. 사람들이 너한테 관심 갖는 건 싫은데, 내가 너한테 관심 갖는 건 좋다고? 앞뒤가 안 맞잖아."

"그야 너하고 원수지는 것보다는 친해지는 게 더 좋을 것 같으니까. 네가 안드로이드라고 착각할 만큼 뛰어난 내 계산 능력으로 다 시뮬레이션해 봤더니 그런 답이 나왔어. 이제 됐어?"

할 말이 없었다. 아무리 해도 말로는 로엔을 이길 수 없을 것 같았다. 아예 이길 마음이 들지 않을 정도였다. 다른 사람의 관심은 싫고 내 관심만 좋다는 로엔을 굳이 흔들고 싶지 않았다. 머릿속에 떠오르는 건 그냥 딱 하나, 로엔이 내겐 거짓말을 하지 않았으면 좋겠다는 생각뿐이었다.

"엄마, 안드로이드는 목표가 있잖아."

"그렇지. 그런데 엄마가……, 아니다. 얘기해 봐."

답답함을 털어놓을 사람도 내 질문에 대답해 줄 수 있는 사람도 결국은 엄마밖에 없다. 지난번에 무언가 수상한 낌새를 눈치챘는지 엄마는 집에서 일 이야기를 하는 걸 꺼리는 것 같았다. 이번에도 화제를 돌리려던 엄마는 내 표정이 심상치 않다고 느꼈는지 짧게 한숨을 내쉬며 내 쪽으로 돌아앉았다.

"안드로이드가 자기 목표가 뭔지 모를 수도 있어?"

"그럴 수도 있지."

"그럴 수도 있어?"

"응, 가능해."

"근데 엄마 왜 이렇게 대답이 짧아? 나한테 설명 못 해 줘서 안달이더니."

"그냥, 딴생각 좀 하느라고. 엄마 프로젝트 이제 딱 일주일 남았거든. 그때까지만 무사히 넘어가면 돼. 그러니까 너도 괜한 짓 하지 말고."

"내가 무슨 짓을 하는데?"

"에휴, 아니야. 안드로이드가 자기 목표를 모를 수도 있냐고? 엄밀히 말하면, 인공 지능은 원래 자기 목표가 뭔지 몰라."

"목표를 모른다고? 원래? 엄마가 모든 안드로이드에게는 목표가 있다고 했잖아. 그게 인간하고의 차이점이라며."

"목표야 있지. 그런데 그 목표를 알 필요는 없어. 자기가 어떤 행동을 했을 때 목표 달성에 도움이 되는지만 알면 돼. 그걸 보상값이라고 하는데 계산하는 모듈이 따로 있어. 그 계산 과정을 안드로이드가 꼭 알 필요는 없지."

"무슨 말인지 모르겠어. 보상값은 또 뭐야?"

엄마의 설명은 이랬다. 우리는 배가 고프면 밥을 먹는다. 밥을 먹으면 배고픔이 가신다. 그게 보상이다. 우리는 밥을 먹으면 배고픔이 가시는 걸 알기 때문에 배고플 때 밥을 먹는다. 그런데 엄밀히 말하면 우리가 밥을 먹는 진짜 이유는 몸에 영양분을 공급하기 위해서다. 그렇다고 해서 음식물이 분해되어 몸속 세포에 공급되는 과정을 우리가 알 필요는 없다. 우리는 그냥 배가 고프니까 밥을 먹는다. 즉, 우리는 목표를 몰라도 욕구에 따라 움직이는 것만으로도 목표를 달성할 수 있다. 우리 몸이 필요한 걸 원하도록 설계되어 있기 때문이다.

"그러니까 안드로이드가 자기 목표를 꼭 알 필요는 없어. 어떤 행동이 목표 달성에 도움이 되는지만 알면 돼. 그냥 그런 행동을 했을 때 기분이 좋아지게만 만들어도 안드로이드는 목표를 달성할 수 있어. 물론 실제로는 훨씬 복잡하지만. 그 정도만 알아 둬. 너무 깊게 이해하려고 하지 말고. 무슨 말인지 알겠니?"

엄마의 설명은 너무 어려웠지만 적어도 몇 가지는 이해할 수 있었다. 로엔이 자기가 안드로이드라는 사실을 모를 수도 있다는 것. 그렇다면 로엔은 내게 거짓말을 하는 게 아니라는 것. 그리고 엄마는 내가 로엔을 건드리지 말고 그냥 내버려 두기를 원한다는 것.

솔직히 말해 나도 그러고 싶다. 로엔에 대해서는 깊이 생각하면 생각할수록 머리가 아팠다. 나와 같이 밥을 먹고 산책하는 로엔은 그냥 좋은 친구다. 좀 이상하긴 하지만 상관없다. 오히려 엉뚱하고 매력적이다.

그런데 따지고 보면 내가 그렇게 느낄 수 있는 건 로엔이 안드로이드라는 사실을 알고 있기 때문이다. 로엔의 머릿속에서 무슨 계산이 일어나고 있는지는 모르지만, 로엔의 행동이 이상해 보이는 건 다른 사람이 설정해 둔 목표에 따라 움직이기 때문이란 건 안다. 스스로도 알지 못하는 그 목표 때문에 로엔은 이상한 걸 좋아하고 특이하게 행동한다. 원래 쌀쌀맞고 재수 없는 애가 아니다. 그걸 알고 나니 로엔의 태도가 오히려 귀엽

게 느껴졌다.

하지만 다른 아이들에게 로엔은 여전히 쌀쌀맞고 재수 없는 애다. 변명할 여지도 없이 로엔이 그렇게 보이도록 행동한다. 아이들은 그런 로엔을 안드로이드라고 놀리고 무시하면서도 대놓고 괴롭히지는 않았다. 함부로 건드리면 안 될 것 같은 이미지도 한몫했을 거다. 그런데 몇몇 아이들은 그런 애가 유독 나와는 잘 지내는 걸 꼴 보기 싫어했다. 나와 점심 빨리 먹기 경쟁을 하던 소희 역시 그중 하나였다.

"야, 서나리. 너 요즘 안드로이드랑 친하더라?"

"왜? 친하면 안 돼?"

"너 꿍꿍이가 뭐야? 걔네 집 부자지, 그치? 그거 노리는 거야?"

"양소희, 너 날 뭘로 보고. 말이 되는 소리를 해라."

"아니면 뭐야. 혹시 무슨 약점 잡혔어? 그래서 매일 초코우유 사다 바치고 그러는 거야?"

"그런 거 아니라니까, 진짜!"

내가 일부러 팍 짜증을 내며 고개를 돌렸지만 소희는 집요하게 따졌다.

“그러니까 왜 걔랑 매일 밥 같이 먹어 주고 얘기해 주냐고. 불쌍해서 그래? 아니면 너 뭐 이상한 취미 있어? 걔가 이상해서 그게 재밌는 거야?”

“야, 너 말조심해. 걔 알고 보면 그렇게 이상한 애 아냐. 그냥 좀…….”

“그냥 좀? ‘그냥 좀’이 뭔데? 알고 보니까 진짜 안드로이드였어? 그런 거야?”

“아우, 진짜.”

뭐라 할 말이 없어서 나는 그냥 한숨을 푹 쉬며 책상에 얼굴을 묻었다. 물론 소희는 진짜로 로엔이 안드로이드라고 생각해서 그런 말을 한 게 아니다. 로엔에게 나를 뺏긴 것 같아 심통이 난 거다. 너무 심했다 싶었는지 양소희는 나를 몇 번 툭툭 치며 미안하다고 하다가 내가 반응이 없자 그냥 자리로 돌아갔다.

로엔은 이상하고 싸가지 없고 따돌림당해 마땅한 사람이 아니다. 사람인 척해야 해서 그런 식으로 굴 수밖에 없는 안드로이드다. 이상하긴 하지만 엉뚱하고 매력 있는 안드로이드다. 하지만 그걸 설명하려면 먼저 로엔이 안드로이드라는 걸 밝혀야 한다.

안드로이드라는 걸 숨기는 방법이 정말 이것밖에 없을까. 그렇지는 않을 것 같다. 잘만 하면 이렇게까지 벽을 치지 않아도 충분히 인간인 척할 수 있을 거다. 로엔이 안드로이드라는 걸 알고 있는 나조차도 함께 떠들다 보면 그 사실을 깜박 잊을 정도니까. 하지만 로엔의 목표는 안드로이드인 걸 들키지 않는 거지 친구를 많이 사귀는 게 아니다. 내가 다가가는 걸 허락한 것도 어쩌면 그냥 목표를 달성하는 데 도움이 되기 때문인지도 모른다. 진짜 이유도 모르면서 로엔은 무작정 나를 좋아하는 건지도 모른다.

아무리 그래도 초코우유를 먹는 로엔의 모습은 사랑스럽다. 맛있게 먹는 척을 하는 게 아니라 진짜 맛있게 먹는다. 어떻게 보면 당연한 거다. 로엔은 초코우유를 진짜로 좋아하니까. 10점 만점에 10점으로. 누군가가 그렇게 정해 준 거라도 로엔이 초코우유를 좋아한다는 사실에는 변함이 없다. 그런데 사실 따지고 보면 내가 바나나우유를 좋아하는 데도 딱히 이유가 없다. 언제부터 좋아했는지도 기억나지 않는다. 어쩌면 누군가 때문에 그냥 그러기로 정해 버렸는지도 모른다.

"그런데 너, 초코우유를 그렇게 좋아하면서도 하루에 하나 이상은 안 먹더라."

"응. 많이 먹으면 살찌잖아."

로엔은 아무리 많이 먹어도 살이 찌지 않는다. 너무 많이 먹으면 음식물 처리가 곤란하니까 그렇게 정해 놓은 거겠지. 이유야 어쨌든 로엔은 초코우유를 하나 먹고 나면 더 먹고 싶은 마음이 싹 사라진다고 했다. 참 편리하게 만들어졌다.

그에 비해 인간은 엉망이다. 할 수도 없는 일을 하고 싶게 만들어져 있으니까. 마음껏 먹고 싶고 마음껏 놀고 싶지만 그럴 수 없다. 심지어 공부를 해도 하고 싶은 공부를 하는 게 아니다. 그저 시험에 나오는 문제들만 반복하고 또 반복하고. 안드로이드는 욕구대로 행동하면 목표를 달성할 수 있는데 인간은 욕구를 참아야 목표를 달성할 수 있다니, 잘못되어도 한참 잘못되었다. 문득 로엔에 대해 궁금한 게 생겼다.

"너도 하고 싶은데 참는 게 있어?"

"있지."

"어떤 거?"

"사실 지금도 교실에 들어가서 혼자 있고 싶은데 꾹 참는 거야."

"참 내, 초코우유 때문에?"

"그보다는, 너랑 얘기하다 보면 뭔가가 정리될 때도 있거든. 자주는 아니지만. 그러면 마음이 좀 편해지기도 하고."

"저울질한다 이거구나. 거기에 초코우유를 딱 올려놓으면 기울어지는 거고."

"음, 사실은 요즘엔 그거 없이도 기울어져 있기는 한데, 뭐 얻어먹으면 더 좋은 거니까."

로엔이 그렇게 말하며 짓궂은 웃음을 지었다. 무슨 뜻인지 이해하고 나니 어이가 없어서 웃음도 안 나왔다. 목표가 정해져 있고, 생각이 제한되고, 욕구가 조절되는 걸 빼면 로엔이 인간과 다른 게 뭐지. 그렇게 생각하니 갑자기 로엔이 살짝 얄미워졌다. 나도 모르게 잠시 로엔이 사람이라고 믿기라도 했나 보다. 나는 로엔을 째려보다가 손을 들어 로엔의 팔을 찰싹 때렸다.

"뭐라고? 야, 완전 사기꾼! 너 이제 초코우유 끝이야. 내가 다시는 사 주나 봐라."

그런데 안드로이드라고 해서 다 운동신경이 좋은 건 아니었나 보다. 물론 그렇게 만들려면 못 만들 리야 없겠지만. 아무튼 로엔에게는 그런 기능까지는 필요하지 않았던 모양이다. 로엔이 어설프게 피하는 바람에 내 손은 하필 로엔이 들고 있던 우유 팩을 쳤고 아직 덜 마신 초코우유가 로엔 쪽으로 쏟아져 버렸다. 로엔은 그걸 하나도 피하지 못하고 그대로 뒤집어썼다.

"아, 이런."

"세상에! 어떡해. 괜찮아?"

"응, 상관없어."

교복 셔츠 앞쪽이 절반 이상 갈색으로 물들었는데도 로엔은 아무렇지 않은 표정이었다. 축축하지도 않은 모양이었다. 축축함을 느끼는 기능이 없는지도 모르겠다. 얼룩덜룩해진 교복이 부끄럽지도 않은 것 같았다. 저러고 다니면 이상한 사람 취급받을 텐데. 하지만 로엔 입장에서 그건 성공이다. 이상한 사람도 어쨌든 사람이니까.

하지만 나는 로엔이 이상한 사람처럼 행동하는 게 싫다. 이상한 걸 아무렇지 않게 생각하는 게 싫다. 애들이 뒤에서 수군대는 게 신경 쓰인다. 이렇게 이상하게 구는 게 안드로이드라는 걸 숨기는 데 얼마나 도움이 되는지 모르겠다. 나는 그냥 로엔이 교복에 초코우유를 묻히고 다니는 게 싫다. 내가 싫으니까 로엔도 싫었으면 좋겠다.

"아니, 난 상관있어."

손을 붙잡아 화장실로 끌고 가려는데 로엔이 움직이지 않았다. 로엔은 힘이 얼마나 셀까. 운동신경이 그저 그런 걸 보면 쓸데없이 힘이 세지도 않을 것 같은데. 나는 로엔의 손을 더 세게 쥐며 단호하게 말했다.

"나한테만 들킬래, 아니면 전교생한테 다 들킬래? 얼른 따라와."

로엔은 나를 빤히 바라본 채 움직이지 않았다. 이런 상황에서는 어떻게 행동하는 게 목표 달성에 도움이 되는지 안드로이드의 능력으로도 계산하는 데 시간이 걸리는 모양이었다. 지나가는 아이들이 우리를 보며 수군댔다. 나는 답답해서 발을 동동 굴렀다. 그 모습을 본 로엔의 발이 겨우 떨어졌다. 나는 안도의 한숨을 쉬며 가볍게 보조를 맞춰 따라오는 로엔을 화장실로 끌고

갔다. 그리고 안에서 얼쩡거리는 애들을 다 내보내고 문 안쪽 손잡이에다 대걸레 자루를 끼워 두었다.

수도꼭지에서 쏟아지는 물을 손으로 받아 초코우유에 물든 부분을 문질러 보았지만 얼룩은 여전히 너무 선명했다. 내가 교복 셔츠를 물로 치대는 동안 로엔은 그저 멍하니 서 있었다. 휴지로 꾹꾹 눌러 봐도 소용이 없어서 나는 결국 로엔에게 말했다.

"안 되겠다. 벗어서 빨아야겠는데."

당연히 싫다고 할 줄 알았다. 그런데 뜻밖에 로엔은 고민하는 기색도 없이 순순히 교복 재킷을 벗었다. 그리고 재킷을 내게 건네주고는 셔츠 단추를 풀기 시작했다. 그때까지만 해도 나는 로엔이 정말로 셔츠까지 벗을 거라고는 생각하지 못했다. 내가 집요하게 추궁할 때도 요리조리 빠져나가며 옆구리 쪽의 맨살을 보여 주려 하지 않았던 로엔이다. 설마 로엔은 정말 사람이었던 걸까. 모든 게 내 착각이었을까. 옆구리에 배출구 같은 건 달려 있지 않다는 걸 내게 보여 주려는 걸까. 그런 생각이 들자 갑자기 얼굴이 확 달아올랐다.

아니다. 로엔은 분명 안드로이드다. 어쩌면 로엔은 정

말로 자신이 안드로이드라는 사실을 모를 수도 있다. 그래서 저렇게 거리낌 없이 맨살을 보여 주려는 거다. 그러면 나는 이제 로엔이 안드로이드라는 증거를 똑똑히 볼 수 있다. 하지만 지금의 나는 그걸 보고 싶지 않았다.

그렇다. 보고 싶지 않았다. 처음 로엔에게 말을 걸 때의 마음과는 달리 지금의 나는 로엔이 안드로이드라는 확실한 증거를 내 눈으로 보고 싶지 않았다. 그냥 계속 로엔이 안드로이드인지 아닌지 궁금해하고 싶었다. 로엔이 안드로이드라는 걸 밝혀내겠다는 핑계를 대며 붙어 있고 싶었다. 티격태격하며 함께 밥을 먹고 초코우유를 마시며 산책하고 싶었다.

그런 생각을 하는 사이 단추가 모두 풀렸다. 로엔은 얼룩덜룩해진 셔츠를 벗어 내게 건넸다. 그렇게 드러난 로엔의 맨몸을 보고 나는 탄식에 가까운 한숨을 내쉴 수밖에 없었다.

너무 허술했다. 교복으로 가려졌던 로엔의 맨살 부위에는 아예 피부가 덮여 있지 않았다. 사람과 구별할 수 없을 정도로 똑같은 피부는 손에서부터 시작해 드러난

것보다 조금 안쪽의 팔목까지를 감싸고 있을 뿐이었다. 그보다 안쪽은 그냥 피부와 탄력만 비슷한 실리콘이었고 심지어 색도 달랐다. 그리고 옆구리에는 뚜껑을 열 수 있는 네모난 배출구가 선명히 드러나 있었다.

로엔이 안드로이드라는 사실을 의심해 본 적은 없다. 안드로이드가 어떻게 이렇게 사람처럼 굴 수 있는지 놀라웠을 뿐이다. 그런데 로엔이 안드로이드라는 증거를 내 눈으로 분명하게 확인하고 나니 기분이 너무 이상했다. 이래서는 안 될 것만 같았다. 단순히 로엔이 안드로이드라는 사실을 확인해서가 아니었다. 로엔의 옆구리에 달린 배출구가 보기 싫었다. 희뿌연 실리콘 피부도 보기 싫었다. 로엔이 교복에 초코우유를 묻히고 돌아다니는 것도 보기 싫었지만 이렇게 인간이 아닌 게 분명한 몸은 훨씬 더, 백배 천배 더 보고 싶지 않았다. 나는 로엔이 내민 셔츠를 휙 잡아채고는 황급히 맨살이 드러난 몸을 재킷으로 덮어 빈 칸막이 안으로 밀어 넣었다.

"거기서 기다리고 있어. 나오지 말고."

세면대에 물을 받고 얼룩이 묻은 부분을 담가 박박 비벼 빨고 꾹꾹 눌러 짰다. 얼룩과 함께 내 눈으로 본 로엔의 모습을 기억 속에서 통째로 지워 버리고 싶었다. 초코우유 자국은 조금씩 희미해졌지만 완전히 사라지지는 않았다. 밖에서는 애들이 문을 두드리며 무슨 일이냐고 난리였다. 아마 내가 로엔에게 해코지를 하려 한다고 생각한 모양이었다. 시간이 지나니 선생님의 목소리까지 들리기 시작했다. 나는 결국 얼룩 지우기를 멈추고 젖은 셔츠의 물기를 탈탈 털어 로엔에게 건네줬다.

그런데 실리콘으로 덮인 몸 위에 덜 마른 셔츠를 걸쳐 입으며 로엔이 건넨 말에, 나는 뒤통수를 얻어맞은 기분이 되고 말았다.

"이제 내가 안드로이드가 아니라는 사실을 확실히 알겠지?"

5

선 넘지 말라고 했잖아

로엔이 안드로이드라는 건 알고 있었다. 자신이 안드로이드라는 사실을 모른다는 것도 짐작하고 있었다. 그런데 이건 내 예상 범위 밖이었다. 배출구가 달린 옆구리를 확실히 보고 나면 자신이 진짜 안드로이드라는 걸 깨닫고 충격을 받을 줄 알았다. 하지만 아니었다. 안드로이드라는 증거는 로엔에게 보이지도 들리지도 않는다. 희뿌연 실리콘으로 만들어진 자기 몸이 로엔에게는 더할 나위 없이 완벽한 인간의 몸으로 보인다. 어쩌면 그게 어떻게 보이는지와 관계없이 로엔은 그 몸을 인간의 몸이라고 믿도록 정해져 있는지도 모른다. 정확한 이유가 무엇이든 실리콘으로 덮인 몸을 내보이며 인간인 증거라고 의기양양해하는 로엔의 모습은 충격적이었다.

"알았으니까 빨리 입어."

나는 그냥 그렇게 말하고 말았다. 옷 안쪽의 네 몸은 실리콘으로 되어 있다고 말해 봐야 로엔은 내가 장난을 친다고 생각할 거다. 그 사실을 전교생이 전부 알게 되고 모두가 입을 모아 너는 진짜로 안드로이드라고 말하는 정도가 되어야 로엔은 어딘가 잘못되었다는 걸 깨달을지도 모른다.

생각해 보면 나는 되도록 빨리 로엔의 테스트를 끝내고 실험실로 돌려보내려고 했었다. 칠판에 로엔이 안드로이드라고 적을 때만 해도 그런 심정이었다. 나보다 로엔에게 더 신경을 쓰는 엄마가 미웠다. 나보다 더 말끔하게 꾸미고 다니면서 사람인 척하는 로엔이 보기 싫었다. 누가 봐도 부정할 수 없는 증거를 잡아서 한 방 먹여 주고 싶다고 생각했다.

하지만 함께 밥을 먹고 산책하면서 나는 로엔의 비밀을 폭로하겠다는 생각을 슬그머니 접어 버렸다. 그보다는 로엔이 점점 궁금해졌다. 로엔에 대해 알아가며 로엔의 상태가 어딘가 자연스럽지 않다는 생각은 했지만, 그 정도는 괜찮아 보였다. 한편으로는 자신의 상태를 궁금해하면서도 다른 한편으로는 안드로이드가 아니라고 단호히 말하는 모습이 모순적이기는 해도 싫지는 않았다. 생각해 보면 사람의 마음도 이랬다저랬다 바뀐다. 적당히 조절된 욕구로 살아가는 모습을 보고는 조금 부럽기까지 했다.

그런데 실리콘으로 된 몸을 인간의 몸이라고 철석같이 믿고 있는 로엔을 보고는 가슴이 철렁 내려앉았다. 이제 자기 말을 믿겠냐며 천연덕스럽게 웃는 모습을 보니 이건 정말 아니라는 생각이 들었다. 로엔을 이렇게 만들어 놓은 사람들에게 당장 달려가 따지고 싶었다. 스스로 깨닫지도 못하는 목표를 입력하고, 마음대로 기억을 조작하고, 자기 몸도 제대로 보지 못한 채 저런 표정을 짓게 만들어 놓은 개발자들에게 견딜 수 없이 화가 났다.

오늘도 엄마는 야근이었다. 차라리 다행이었다. 엄마 얼굴을 보면 무슨 말을 해야 할지 떠오르지 않았다. 어떤 말을 해도 더 답답해지기만 할 것 같았다.

다음 날 로엔은 초코우유 자국이 말끔히 지워진 교복을 입고 왔다. 그런데 지워진 건 얼룩만이 아니었다.

"기억이 안 난다고?"

로엔은 화장실 안에서 있었던 일을 하나도 기억하지 못했다. 기억이 빈 게 아니라 실제와 달랐다. 로엔은 얼룩이 묻은 옷을 자기가 닦았다고 기억하고 있었다. 그러니까 내게 옷을 벗어 주고 실리콘으로 된 몸을 보여 준 기억이 아예 없었다. 그 몸을 보여 주며 이제 안드로이드가 아닌 걸 알겠냐고 당당하게 말하던 기억도 사라졌다.

그뿐만이 아니었다. 로엔은 달라졌다. 지킬 박사와 하이드에서 하이드 부분이 완전히 도려내진 것 같았다. 잃어버린 퍼즐을 찾으려는 로엔은 사라지고 차갑게 벽을 세우는 로엔만 남았다. 그래서인지 로엔은 어딘가 자연스럽지 않았다. 말을 하다가 갑자기 멈추기도 하고 문장 속에서 단어가 뒤섞이기도 했다. 옆에서 지켜보던 아이들이 수군댈 정도로 로엔은 이상했다. 이상한 사람 같은 게 아니라 사람 같지 않은 모습이 언뜻언뜻 보였다. 내가 다 불안할 정도였다.

점심시간에 내가 앞에 앉자 로엔은 나를 흘깃 보고는 다시 밥을 먹었다. 헤드폰은 그대로 눌러쓴 채였다. 내가 말을 걸어도 대답하지 않았다. 아이들이 자꾸 슬쩍슬쩍 쳐다보는 게 싫어서 나도 그냥 묵묵히 밥을 먹었다.

밥을 다 먹고 식판을 반납한 로엔은 그대로 교실로 들어가려고 했다. 나는 급하게 자리에서 일어나 로엔을 가로막았다. 초코우유를 내밀자 로엔이 차가운 목소리로 말했다.

"미안, 오늘은 좀 피곤해서."

"너 오늘 좀 이상한 거 알지?"

"왜? 안드로이드 같아?"

"그런 게 아니라. 어제 일 때문에 그래?"

"옷에 초코우유 쏟은 거? 글쎄, 그럴 수도 있고. 그냥 오늘은 산책하고 싶지가 않아."

로엔은 그렇게 말하고 홱 뒤돌아 교실로 향했다. 나는 한 손에 멋쩍게 초코우유를 든 채로 로엔에게 소리쳤다.

"너 나하고 원수지고 싶어? 내가 너한테 관심 갖는 거 좋다며! 기억 안 나?"

로엔은 대답하지 않았다. 발을 동동 굴러 봐도 뒤도 돌아보지 않았다. 로엔만 빼고 급식실에 있는 애들 모두가 힐끗힐끗 내 눈치를 보는 게 느껴졌다. 화가 잔뜩 나서 우유 팩을 바닥에 집어 던질 뻔한 걸 겨우 참았다. 대신 빨대를 꽂아 초코우유를 쪽쪽 빨아 마셨다. 하나도 맛이 없었다.

마음을 가라앉히고 차분히 다시 생각해 보았다. 이건 로엔의 잘못이 아니다. 로엔을 붙잡고 떠들어 봐야 소용없는 일이었다. 어젯밤에 로엔이 무슨 짓을 당한 건지를 알아야 했다. 당장이라도 엄마에게 전화를 걸어 물어보고 싶었지만 금방 생각을 접었다. 보나 마나 꼬치꼬치 따지고 들 게 뻔했다. 로엔과 나 사이에 있었던 일을 일일이 설명할 기분은 아니었다.

로엔을 충전하고 배출구로 음식물을 빼내는 사람은 따로 있을 것이다. 엄마가 그 일을 하는 것 같진 않다. 엄마는 나와 로엔 사이에 있었던 일도 정확히 모르는 듯했다. 그러고 보니 내가 엿들은 통화에서 엄마는 로엔의 테스트와 관련된 정보를 일절 받지 않겠다고 했었다. 어제 로엔의 기억을 조작한 건 아마도 엄마가 아닌 다른 사람들일 것이다.

그 사람들과 담판을 지어야 한다. 로엔에게 무슨 짓을 한 건지 알아내고 더 이상 그런 짓을 못 하게 해야 한다. 엄마가 알면 펄쩍 뛰겠지만, 이건 내 문제고, 나와 로엔 사이의 문제다.

처음에는 집으로 가는 로엔을 몰래 쫓아가려고 하다가 그럴 필요가 없겠다는 생각이 들었다. 차라리 대놓고 따라가는 게 나을 것 같았다. 로엔은 평범한 사람이 아니고 평범하게 반응하지도 않을 거다. 적어도 내가 아는 로엔은 그렇다.

"날 따라오는 거야?"

"응."

"뭐 하는 짓이야, 서나리. 선 넘지 말라고 했잖아."

"이래야 하는 이유가 있어. 설명해 줄까?"

"아니, 관심 없어."

그렇게 말하고 휙 돌아 걸어가는 로엔의 뒤를 계속해서 졸졸 쫓아갔다. 어느 정도 예상했던 반응이다. 상식적인 수준에서 다가갈 때 로엔은 냉정한 사람과 구별하기 힘들다. 하지만 도를 넘어서 접근하면 어딘가 삐걱거린다. 게다가 지금까지 겪어 본 바로는 로엔은 그런 복잡한 상황이 되면 은근히 상대가 하고 싶은 대로 내버려 두는 경향이 있다. 기억이 지워졌어도 로엔의 마음 한구석에서는 여전히 내가 다가가 흔들어 주기를 바라고 있을지도 모른다. 나는 로엔을 따라잡으며 말을 걸었다.

“우리 이따 저녁 때 볼까?”

“안 돼. 바빠.”

“뭐 하느라?”

“알 거 없어.”

“우리가 이런 얘기를 했다는 걸 내일 네가 기억할까?”

“너 정말 제정신이니?”

“초코우유 사 줄게.”

로엔이 갑자기 탁 멈춰 서더니 빤히 나를 바라보았다. 내 말이 통한 건 아니었다.

“좋게 넘어가려고 했는데, 이젠 안 되겠다. 우리 그만 보자.”

“나한테 도와달라고 했던 건 기억 나?”

로엔은 대답 없이 고개를 돌렸다. 그러더니 갑자기 뛰기 시작했다. 이건 예상 못했다. 다행히 로엔은 인간의 범위를 넘어서지 않는 속도로 달렸고 매일 아침 교문까지 달리기로 단련된 나는 겨우 놓치지 않을 정도로 로엔의 뒤를 따라갈 수 있었다. 학교 근처 아파트 단지로 들어가는 로엔을 동 현관까지 쫓아 들어가는 데까지는 성공했지만 그만 코앞에서 엘리베이터 문이 닫히고 말았다.

"미안해!"

닫히는 문 사이로 나는 그렇게 외쳤다. 뭐가 미안한 건지는 나도 확실히 말할 수 없다. 문이 닫히지 않았다면 로엔은 뭐라고 대답했을까.

나는 무작정 계단으로 뛰어 엘리베이터를 따라 올라갔다. 엘리베이터는 8층에서 멈췄다. 숨이 턱까지 차도록 뛰었지만 계단을 다 올랐을 때는 로엔이 들어간 현관문이 이미 쾅 소리를 내며 닫힌 뒤였다.

숨을 고르며 어떻게 해야 하나 고민하고 있는데 전화가 왔다. 엄마였다.

"학교 아직 안 끝났어? 엄마 좀 있다가 또 나가 봐야 해서 네 얼굴이라도 보고 가려고 했는데."

어제 회사에서 밤을 새운 엄마가 잠시 집에 들른 모양이다. 몇 번 심호흡하고 대답했는데도 말이 툭툭 끊겼다.

"아, 나 지금, 친구하고, 잠깐. 됐으니까, 그냥 가."

"친구? 친구 누구?"

"있어."

"근데 왜 그렇게 헉헉대? 지금 뭐 해?"

엄마의 목소리가 높아진 걸 보니 아무래도 내가 뭔가 일을 벌이고 있다는 눈치를 챈 것 같다. 뭐라고 둘러대려는데 로엔이 들어간 집 안쪽에서 희미하게 다투는 듯한 남자 목소리가 새어 나왔다. 얼핏 로엔의 비명을 들은 것 같기도 했다.

"엄마, 나 끊을게. 이따 얘기해!"

휴대폰 너머로 "너 지금 뭐 하고 있는 건데!" 하고 외치는 엄마 목소리가 어렴풋이 들렸다. 그걸 신경 쓸 때가 아니었다. 나는 그대로 휴대폰을 꺼 버리고 현관문 앞으로 달려가서 초인종을 연달아 눌렀다. 그러자 안쪽에서 새어 나오던 목소리가 뚝 끊겼다. 초인종에 반응도 없었다. 내가 몇 번 더 버튼을 누르자 그제야 스피커에서 소리가 들렸다.

"누구세요?"

"저, 로엔 친구인데요."

"아……."

무언가 속삭이는 소리가 스피커를 통해 새어 나왔다. 한 명이 아닌 듯했다. 잠시 후 대답이 들렸다.

"잘못 찾아오신 것 같은데요."

"저 로엔 친구라니까요. 문림고등학교 2학년 3반 서나리. 여기 이로엔 집 맞잖아요."

다시 작게 말을 주고받는 소리가 들리더니 저벅저벅 발소리가 다가왔다. 그리고 문이 살짝 열렸다. 엄마보다 조금 어려 보이는 아저씨였다. 로엔과는 전혀 닮지 않았다. 당연하겠지만.

"학생, 지금 우리가 사정이 좀 있어서 그러는데. 어? 학생!"

아저씨의 말이 끝나기도 전에 나는 현관문을 확 잡아당겨 활짝 열어젖혔다. 그리고 당황한 듯 입만 벌린 채 서 있는 아저씨의 겨드랑이 밑으로 머리를 집어넣고 집

안으로 뛰어들었다.

로엔의 집은 언뜻 봐도 평범한 가정집이 아니었다. 거실에는 가구가 하나도 없고 창문은 햇빛 한 가닥 새어 들어오지 않는 두꺼운 커튼으로 막혀 있었다. 한쪽 구석에는 케이블과 전자 부품이 들어 있는 상자가, 그리고 다른 쪽 구석에는 컵라면과 커피믹스 같은 먹거리가 담긴 상자가 쌓여 있었다.

"학생! 여기 들어오면 안 돼. 일단 나가자. 나가서 설명해 줄게."

"로엔 어딨어요?"

"그런 사람 없다니까. 여기 나밖에 없어."

"아까 인터폰으로 얘기하는 소리 다 들었어요. 로엔 들어오는 것도 봤고. 빨리 로엔 내놔요! 안 그러면 경찰에 신고할 거니까!"

"학생이 뭔가 착각한 모양인데, 우리는 그런 사람들이 아냐. 이거 다 정부 허락받고 하는 거라고. 그러니까 뭐냐면, 어, 학생? 학생!"

변명을 늘어놓으려는 아저씨를 밀치고 안쪽으로 달

려가 닫혀 있는 방문을 확 열었다.

거실과 마찬가지로 두꺼운 커튼이 쳐진 방 안에는 시커먼 탑 같은 서버와 커다란 모니터가 가득했고 굵은 케이블이 뱀처럼 여기저기에 늘어져 있었다. 한가운데에는 안마의자처럼 생긴 기계가 놓여 있었고, 그 위에 누군가가 누워 있었다. 로엔이었다. 활짝 열린 로엔의 옆구리 배출구 안쪽으로 굵은 케이블 몇 개가 연결되어 있었다. 로엔은 눈을 감은 채 죽은 듯이 늘어져 있었다. 그 모습을 보니 겁이 덜컥 났다.

나는 막연히 로엔이 집에 오면 학교에서처럼 태연하게 가짜 가족과 생활할 줄 알았다. 그러다 로엔이 잠들면 몰래 음식물도 처리하고, 충전도 하고 그러는 줄 알았다. 지금 생각해 보니 그럴 필요가 없었다. 그냥 들어오자마자 케이블에 연결하고 집에서의 기억을 조작해 넣으면 그만일 테니까. 로엔이 사생활에 대한 질문에 유독 민감했던 건 그렇게 만들어 넣은 조잡한 기억을 숨기기 위해서인지도 모른다. 자꾸 들춰내다 보면 어색한 부분이 드러날 테니까.

이곳은 사람 사는 곳이 아니었다. 로엔은 매일 여기

서 무슨 일을 당한 걸까. 어서 로엔이 무사한지 확인하고 싶었다. 당장 로엔을 데리고 나가야 했다.

"로엔!"

내가 외치자 로엔 옆에서 컴퓨터를 들여다보고 있던 머리가 희끗희끗한 아저씨가 나를 돌아보더니 뒤따라 들어온 젊은 아저씨에게 벌컥 화를 냈다.

"뭐야? 왜 들여보냈어? 이거 하나 통제를 못 하고 뭐 하는 거야!"

"죄송합니다. 갑자기 밀고 들어오는 바람에."

"하, 나 정말. 어떻게 뭐 하나 제대로 하는 게 없어? 이번에 또 승진 밀릴 거야?"

"아닙니다. 잘하겠습니다. 학생, 일단 밖으로."

"됐어, 벌써 다 봤는데. 진정시키고 거기 좀 앉혀. 음료수라도 갖고 오고."

나이 든 아저씨가 귀찮다는 듯 말했다. 나는 나를 붙잡으려는 젊은 아저씨의 손을 뿌리치고 외쳤다.

"빨리 로엔이나 깨워요! 로엔한테 무슨 짓 하는 거예요?"

"서나리 맞지? 로엔하고 친한 애. 그리고 엄마가 서

주미 선임.”

엄마 이름을 듣는 순간 나도 모르게 멈칫했다. 그걸 본 아저씨가 슬쩍 웃으며 허리를 폈다.

“우린 엄마랑 같이 일하는 사람들이야. 나리 네가 이러는 거 엄마가 안 좋아할걸.”

“엄마는 상관없어요. 이건 저랑 로엔 사이의 일이니까.”

“너희 엄마도 똑같이 말했지. 딸하고는 상관없는 일이니까 관련짓지 말라고. 그런데 이렇게 관련이 생겨 버렸잖아. 결국 또 내가 수습해야 하고. 이번 프로젝트가 얼마나 중요한지 엄마가 얘기 안 해 줬니?”

“전 그런 거 몰라요. 프로젝트 같은 거. 엄마는 그런 얘기 안 했어요.”

“언제부터 알았니? 로엔이 안드로이드라는 거.”

나는 대답하지 않았다. 아저씨들이 순순히 로엔을 내줄 리 없었다. 그렇다고 억지로 끌고 나갈 수도 없는 노릇이었다. 나는 눈을 감고 누워 있는 로엔과 불빛이 번쩍이는 컴퓨터와 사방에 늘어진 케이블들을 둘러보며 방법을 생각해 내려 애썼다. 아저씨가 한숨을 쉬며 말했다.

“그래, 뭐. 어쨌든 너도 지금까지는 잘해 줬어. 우리가 생각한 것보다 훨씬 더. 로엔이 안드로이드라는 걸 다른 사람들이 눈치채지 못하게도 도와줬고, 자칫 단조로울 뻔했던 로엔의 행동 패턴을 훨씬 더 풍부하게 만들어 주기도 했고. 서나리, 네 덕분에 쌓은 데이터를 경제적 가치로 환산하면, 꽤 커. 엄마 승진에도 도움이 될 거야. 지금 네가 뒤로 돌아서 이 집을 나가고, 여기서 본 것들을 싹 잊어 주기만 하면 말이야. 무슨 말인지 알겠지?”

아저씨의 말은 하나도 귀에 들어오지 않았다. 대신 방 안을 둘러보다가, 문 옆에 있는 공기 청정기만 한 기계 하나를 발견했다. 나는 그게 뭔지 알고 있다. 엄마 방에도 똑같은 게 하나 있으니까. 절대로 끄면 안 되니 청소할 때 주의하라고 엄마가 내게 몇 번이나 당부했던 그 장치였다. 갑자기 전기가 나가도 컴퓨터가 꺼지지 않게 지켜 주는 전원 공급 장치라나. 나는 얼른 그쪽으로 달려가 덮개를 열고 전원 버튼에 손을 올렸다.

“빨리 로엔 깨워요! 안 그러면 이거 꺼 버릴 테니까. 그럼 그 데이터들도 다 날아가 버리는 거 알아요.”

"쓸데없는 짓 하지 마. 데이터는 다 백업되어 있으니까."

나이 든 아저씨가 여전히 미소를 잃지 않은 채로 말했다. 정말인지 거짓말인지 알 수 없었다. 그래서 이번에는 젊은 아저씨를 돌아보며 전원을 꺼 버리는 시늉을 했다. 그러자 젊은 아저씨가 화들짝 놀라더니 나이 든 아저씨에게 더듬거리며 말했다.

"팀장님! 저기, 안 되는데. 중앙 서버에 전송된 건 후처리된 데이터고요. 원본은 용량이 워낙 커서 아직 백업을 못 했거든요."

"시끄러! 누가 그걸 몰라!"

팀장이라는 아저씨가 벌떡 일어나며 소리쳤다. 내가 예상했단 듯 노려보자 아저씨는 한숨을 내쉬었다.

"알았어, 알았다고. 원하는 게 뭐야? 로엔을 깨워 주면 돼? 그래, 깨워 줄 테니까 얘기해 봐. 대신 장비는 건드리지 말고. 얘기해 보면 너도 로엔이 안드로이드라는 걸 느끼게 될 거야. 학교에서는 꼭 사람 같았지? 그러니까 네가 이럴 수 있어. 이해해. 근데 이건 기계야. 로봇이라고. 얼마든지 껐다 켰다 할 수 있는 기계."

"됐으니까 빨리 깨우기나 해요!"

"알았어, 알았다고."

아저씨가 이마를 문지르며 컴퓨터 앞에 앉아 무언가를 입력하자 로엔의 눈이 번쩍 뜨였다. 로엔은 주위를 둘러보다 옆구리에 꽂혀 있는 케이블을 발견하고 짧은 비명을 질렀다. 젊은 아저씨가 얼른 달려가 케이블을 해체했는데도 로엔은 옆구리를 붙잡고 웅크린 채 몸을 일으키지 못했다.

"로엔! 괜찮아?"

내가 소리치자 로엔이 고개를 들었다. 의자에서 내려와 나를 바라보면서도 여전히 혼란스러운 표정이었다.

"나리? 네가 여기 어떻게, 그러니까……."

"가자. 일단 여기서 나가자."

내가 달려가 덥석 손을 잡고 당겼지만 로엔의 발은 떨어지지 않았다. 그런데도 나는 그 순간 로엔의 눈빛이 나와 함께 가고 싶은 눈빛이라고 확신했다. 그래서 더 세게 로엔을 당겼지만 로엔은 여전히 움직이지 않았다. 팀장이라는 아저씨가 그 모습을 보며 코웃음을 쳤다.

"그것 봐. 학교에서 보던 거랑은 다르지? 그건 그냥

우리가 입력한 대로 움직이는 로봇이야. 우리가 만들어서 테스트하고 있는 기계라고. 우리가 움직이지 말라고 하면 움직이지 않는 거야. 그러니까 그냥 돌아가."

그럴 수 없었다. 로엔이 안드로이드라는 건 알고 있다. 안드로이드는 인간이 정해 준 목표를 위해 움직이는 로봇인지도 모른다. 그래도 상관없다. 내게 로엔은 로엔이고 내 친구다. 나와 원수지고 싶지 않아 하고 내가 관심 주는 걸 좋아하는 친구. 나와 같이 밥을 먹고 운동장을 도는 친구. 내가 소리쳤다.

"초코우유 사 줄게! 열 개, 스무 개, 백 개라도 사 줄게!"

족쇄에 묶인 것처럼 바닥에 붙어 있던 로엔의 발이 떨어졌다. 로엔이 나를 따라나설 줄 몰랐는지 아저씨들은 그제야 허둥대며 우리를 붙잡으려 했다. 나는 달려드는 아저씨들을 피해 로엔의 손을 잡고 현관을 향해 뛰었다. 뭐라고 외치는 아저씨들의 목소리조차 우리를 응원하는 소리로 들렸다.

6

너와 내가 다른 점은

"초코우유 사 준다며."

"일단 이거부터 먹자. 나 배고파 죽겠어. 저녁도 못 먹고."

바구니에 반반씩 담겨 나온 프라이드와 양념치킨을 보며 로엔이 투덜댔지만 어쩔 수 없었다. 한참 뛰고 났더니 배가 고파 죽을 지경이었다. 긴장이 풀려서인지 당장이라도 쓰러질 것 같았다. 나는 허겁지겁 치킨을 집어 입으로 가져갔다. 그렇게 한참을 뜯다가 문득 로엔의 앞을 보니 내 앞보다 더 수북하게 쌓인 뼈 무더기가 보였다. 아직 내 배는 반도 안 찼는데 바구니가 거의 다

비어 있었다.

"이로엔! 너 왜 이렇게 많이 먹었어?"

"맛있어서."

"내가 다 설명했잖아. 너는 안드로이드라서 음식을 먹어 봐야 소화도 못 시키고 배출구로 다 빼내야 한다고."

나는 최선을 다해 로엔에게 자신이 처한 상황을 이해시키려 애썼다. 로엔도 눈앞에서 벌어지는 일들이 어딘가 잘못되어 있다는 건 인정했다. 로엔에게는 여전히 자기 옆구리가 사람의 살처럼 보였다. 하지만 로엔은 거기에 검은 케이블이 꽂혀 있었고 그걸 빼냈는데도 피 한 방울 나지 않았다는 사실을 똑똑히 기억했다. 그런데 그걸 알고 나서도 로엔은 별로 달라지지 않았다.

"그럼 먹으면 안 돼?"

"아깝잖아. 먹어 봐야 소용도 없는데."

"그럼 너는? 너는 이걸 먹는 게 소용이 있어?"

로엔이 치킨 한 조각을 집어 들며 말했다.

"당연하지! 나는 먹으면 다 피가 되고 살이 되지. 인간이니까."

"그걸 먹어서 살로 만드는 게 네 목표인 거야?"

나는 로엔의 말에 허를 찔려 한입 가득 베어 물었던 닭가슴살을 통째로 뱉을 뻔했다. 반박할 수가 없었다. 나도 이 치킨이 내 몸에 지방으로 저장되는 대신에 로엔처럼 옆구리로든 어디로든 그대로 빠져나왔으면 좋겠으니까. 그 점만 따지면 마음 편히 치킨을 먹어도 되는 건 오히려 로엔 쪽이다. 나는 다급하게 변명했다.

"내가 이걸 얼마나 먹고 싶었는지 알아? 이걸 먹으면 얼마나 행복해지는 줄 아냐고."

"나도 이걸 먹으면 기분이 좋아져."

"그건 그냥 네 머릿속에 들어 있는 모듈 중 하나가 그렇게 반응하도록 정해져 있는 거고. 치킨은 6점. 초코우유는 10점."

"네가 행복한 것도 뇌의 일부가 호르몬을 방출하는 거야. 네 의지와는 상관없이, 살이 찔 걸 뻔히 알면서도 못 참고 먹는 거지."

"너 인간인 척하는 걸 포기하니까 더 재수 없구나?"

로엔은 여전히 안드로이드냐고 노골적으로 물어보면 아니라고 대답했다. 그래도 지금의 로엔은 아파트에서 있었던 일을 기억한다. 그래서인지 안드로이드라는 증거를 들이대도 대답을 피하지는 않았다. 그러다가도 안드로이드인 척하면서 대답해 주는 거라며 말도 안 되는 변명을 늘어놓기도 했다. 지킬 박사와 하이드가 뒤섞여서 불쑥불쑥 튀어나오고 있는 것 같았다.

로엔은 아파트로 들어간 직후에 자신이 겪은 일에 대해서도 자세히 설명해 주었다. 집 안 광경을 보며 어느 정도 짐작은 했지만 직접 들으니 훨씬 끔찍했다.

"일단은 어리둥절했지. 내가 기억하는 집의 모습이 아니었으니까. 아무리 생각해도 내가 처한 상황을 설명할 수가 없더라고. 당장 도망치고 싶었는데 몸이 내 마음대로 안 움직였어. 내 의지와는 상관없이 내 몸이 저절로 방으로 걸어가서 안마의자 같은 자리에 앉더라. 그러고 나니 처음 보는 아저씨가 내 옷을 들치고 옆구리에 케이블을 꽂아 넣었어. 하나도 아프지는 않았는데 저절로 비명이 나오더라고."

로엔의 눈에는 그 광경이 맨살에 케이블을 쑤셔 넣는 것처럼 보였을 것이다. 로엔의 기억에는 남아 있지 않지만 매일 같은 일을 겪었던 게 분명하다. 그런 끔찍한 일에 날마다 새롭게 시달린 뒤 마치 아무 일도 없었던 것처럼 기억을 삭제당한다. 어차피 지워질 기억이니 로엔이 당장 어떻게 느끼는지는 아무도 신경 쓰지 않았을 것이다. 상상하는 것만으로도 두려움과 분노가 몰려와 몸이 떨렸다.

"그런데 갑자기 초인종 소리가 들렸어. 아저씨들이 서로 뭐라고 떠들더니 컴퓨터 앞에 앉아 있던 사람이 키보드를 막 두드리더라. 저절로 눈이 감기면서 기억이 끊겼어. 그러고 나서 눈을 떴는데 네가 방에 있었던 거지."

"그렇게 생생하게 기억하면서 아직 네가 안드로이드라는 걸 못 믿는 거야?"

"내가 안드로이드면 뭐가 달라지는데?"

"그야 다르지. 인간하고 안드로이드는 다르니까. 일단 너는 안드로이드라는 걸 들키지 않겠다는 목표가 있잖아. 그게 최우선이고."

"난 그걸 목표로 삼은 적 없어. 내 행동을 돌이켜 보면 그런 목표를 위해 움직인 것 같기도 하지만."

"아직도 그 목표를 위해 움직이고 있는 것 같아?"

"아니. 적어도 지금은 아니야. 넌 이미 내가 안드로이드라고 생각하고 있고 내가 어떻게 행동해도 그 생각을 바꿀 수는 없을 것 같거든."

"그럼 지금은 뭘 위해서 움직여?"

"그냥, 내가 좋아하는 것들?"

"부럽다."

무심코 그런 말이 나왔다. 로엔이 고개를 갸우뚱하며 물었다.

"왜? 넌 네가 좋아하는 것들을 위해 움직이지 않아?"

"어떻게 좋아하는 것만 하고 사냐? 해야 할 일들이 있는데."

"해야 할 일이라는 건 다른 사람이 정해 준 목표를 말하는 거야?"

"그런 셈이지. 학교 가고, 숙제하고, 어른들 말 잘 듣고. 그런 걸 내가 정하진 않았으니까."

"다른 사람이 정해 준 목표를 위해 움직이는 건 안드로이드라며? 혹시 너도 안드로이드 아냐?"

로엔이 짓궂은 표정을 지으며 물었다. 순간 할 말을 잃었다. 심지어 아주 잠깐 동안 나 역시 엄마가 만든 안드로이드가 아닐까 하는 바보 같은 생각에 빠지기까지

했다. 역시 말로는 인공 지능을 이길 수 없다. 내가 머뭇거리자 로엔이 다시 물었다.

"네가 인간이라면 아무리 다른 사람이 목표를 정해 줘도 스스로 바꿀 수 있는 거 아냐? 그게 인간과 안드로이드의 차이점이라며. 그럼 네 진짜 목표는 뭔데? 너 스스로 정한 목표 말이야."

글쎄, 밖에서는 완벽하지만 집에서는 헛똑똑이인 엄마의 뒤치다꺼리를 하는 걸까. 아니면 친구들과 적당히 즐거운 일을 하며 사이좋게 지내거나 선생님에게 크게 혼나지 않을 정도로 눈치껏 학교생활을 하는 걸까. 좋은 대학에 가는 게 목표라고 하기엔 별로 노력하는 게 없어서 민망하고. 로또 당첨 같은 걸로 어느 날 갑자기 돈벼락을 맞는 건 목표라고 할 수 없을 것 같고.

"엄마 같은 사람이 되는 거?"

무심코 그렇게 말했다. 아주 어렸을 때는 정말로 엄마 같은 멋진 어른이 되는 게 목표였다. 지금도 그런지는 모르겠다. 로엔이 고개를 끄덕였다.

"날 만들었다는 사람 말이지? 그 정도라면 목표라고 할 만하네."

"아니, 그냥 엄마 같은 사람이 아니라 엄마보다 나은 사람. 밖에서도 일 잘하지만 집에서도 잘하고. 가족도 잘 챙기고."

내가 황급히 덧붙였다. 그러다 문득 로엔에게는 엄마가 없다는 사실을 깨달았다. 그게 누구든 자신을 키워 준 사람에 대한 기억이 전부 가짜라는 걸 불과 몇 시간 전에 알게 되었을 거라고 생각하자 엄마에 대해 투덜거리기가 미안했다. 내가 조심스럽게 말을 꺼냈다.

"너를 키워 준 사람은……."

"우리 부모님? 아, 정확히는 부모님에 대한 기억이라고 해야겠구나."

내가 고개를 끄덕이자 로엔은 아무렇지 않다는 듯이 이야기를 늘어놓았다.

"내 기억으론 부모님은 뉴욕에 계셔. 초등학교 때 함께 미국으로 건너갔고. 기억이 많지는 않아. 단편적인데, 지금 돌이켜 보니 다른 사람의 자료를 복사해 넣은 것 같아. 앞뒤가 안 맞는 게 많네. 그전에는 따져 볼 생각이 들지 않아서 몰랐지만. 어쨌든 부모님 사정으로 나는 혼자 한국에 돌아왔고, 지금은 막내 이모와 둘이

서 살고 있고, 나는 여전히 부모님을 사랑하고. 뭐 그렇게 되어 있네. 기억상으로는 말야."

"괜찮아? 그게 진짜가 아니라는 걸 알았잖아."

로엔이 어깨를 으쓱하고는 잠시 무언가를 생각하는 표정을 지었다. 냉정하고 무심한 평소의 표정과 그다지 다르지 않아 보였다. 고개를 몇 번 갸웃거리던 로엔이 나를 바라보며 물었다.

"그럼 나는 진짜야?"

"당연히 진짜지! 지금 내 눈앞에 있고, 이렇게 만질 수도 있고. 무엇보다 우리 같이 밥 먹고 산책하고 떠들던 건 다 진짜잖아."

"그럼 부모님도 진짜일 수 있어. 내 기억이 진짜든 가짜든 그에 맞는 인공 지능이나 안드로이드를 만들면 되니까. 그럼 나도 부모님과 다시 얘기하고 너랑 하던 것처럼 산책도 할 수 있겠지. 과거에 어떤 일이 있었는지는 중요한 게 아니잖아. 앞으로 내가 사랑하는 사람들을 계속 만날 수 있을지가 중요한 거지."

"그건……."

뭐라고 반박하려다가 그만두었다. 로엔의 말은 억지

스러웠지만 어쩌면 그건 로엔이 필사적으로 만들어 낸 핑계일지도 모른다는 생각이 들었다. 그걸 깨서는 안 될 것 같았다. 로엔이 다시 입을 열었다.

"만들어 넣은 기억은 그렇다고 쳐도 내가 직접 겪었던 기억을 지운 건 아깝기는 하네. 어쩌면 그중에는 세상에서 나 혼자만 알고 있던 기억도 있을 거 아냐. 그건 이제 이 세상에서 완전히 사라진 거니까. 누군가 다른 사람이 대신 기억해 주지 않는다면 말이야."

매일 기억을 삭제당하고 입력된 목표에 조종당하고 자기 몸도 제대로 보지 못하는 로엔을 그냥 둘 수는 없다고 생각했다. 그래서 무작정 뛰어들어 로엔을 끌고 나왔다. 그럼 자신이 안드로이드라는 사실을 깨닫고 자신의 기억이 가짜라는 걸 알게 되는 건 괜찮은 걸까. 자신이 없다. 하지만 적어도 로엔은 괜찮으려고 노력하고 있다. 그렇다면 나도 로엔을 도와야 한다.

하지만 시간이 지날수록 로엔은 점점 더 혼란스러워했다. 차라리 자신이 안드로이드라는 사실을 완전히 인정하는 게 더 낫지 않을까 싶었다. 나는 로엔이 인간이든 안드로이드든 신경 쓰지 않으니까. 지금처럼 같이 떠들고 이야기할 수만 있으면 매일 충전하고 배출구에서 음식물을 빼내도 상관없다. 아니, 꼭 같이 밥을 먹지 않아도 된다. 내가 밥을 먹을 때 로엔은 옆에서 충전하며 같이 떠들어도 좋다. 그런데 로엔은 자신이 안드로이드라는 사실이 점점 더 신경 쓰이는 모양이었다.

"너는 내가 뭘 슬퍼하는 걸 본 적이 있어? 나보단 네가 더 잘 알 거야. 내 기억은 지워졌을 수도 있으니까."

그런 건 본 적이 없다. 로엔은 언제나 냉정하고 쌀쌀맞고 무표정했으며 가끔은 재치 있고 귀엽고 얄미웠다. 살짝 당황한 것처럼 느껴진 적은 있지만 슬퍼하거나 화를 내는 건 보지 못했다. 내가 고개를 가로젓자 로엔이 그럴 줄 알았다는 듯이 고개를 끄덕이며 말했다.

"내가 인간의 모든 감정을 다 느끼도록 만들어지진 않았나 봐. 생각보다 엉망이네. 하긴 이것만 봐도 얼마나 대충 만들었는지 알겠어."

로엔은 팔을 걷고는 실리콘으로 된 자기 피부를 꾹꾹 누르며 말했다. 눈으로는 똑같이 보이도록 조작해 놓았지만 촉감까지 막아 놓지는 않은 모양이었다. 손과 팔의 감촉이 다르다는 걸 로엔은 금방 알아차렸다. 실리콘을 포크로 찔러 보려고 하는 걸 겨우 말렸다. 로엔의 팔을 애써 외면하며 내가 물었다.

"정말 그런 감정이 전혀 안 느껴져?"

"어떨 때 그런 감정이 느껴지는지는 알고 있어. 그게 지금이라는 것도 알겠고. 그런데 그런 감정이 내 행동이나 표정이나 생각을 바꾸게 되어 있지는 않은가 봐. 필요하다면 슬픈 표정을 짓거나 화를 낼 수는 있는데 그런 감정에 휩싸여서 불필요한 행동을 하지는 않아. 꽤나 효율적이지? 어쩌면 부러울지도?"

그렇기는 하다. 툭하면 충동적으로 일을 저지르고 나중에 후회하는 게 내 특기니까. 어떤 상황에서도 평정심을 유지하는 사람들이 부러웠다. 그런데 지금은 로엔이 그러는 게 싫다. 슬프거나 화가 날 때는 로엔도 엉엉 울고 소리를 질렀으면 좋겠다. 나를 빤히 보던 로엔이 "흐음" 하고는 몸을 뒤로 빼며 말했다.

"별로 안 부럽나 보네. 이상할 거야. 나리 네가 좋아하는 로엔은 인간으로 보이려고 노력하는 로엔일 테니까. 내가 인간인 척하기를 포기하면 너는 더 이상 날 좋아하지 않을지도 몰라."

"무슨 소리를 그렇게 해? 누가 뭐래도 넌 이로엔이야. 그까짓 거 좀 달라진다고 좋았다 싫었다 하면 그게 친구야?"

"만일 내가 더 이상 널 친구라고 생각하지 않으면?"

"뭐?"

"그렇잖아. 내가 너와 가깝게 지냈던 건 인간으로 위장하기 위한 작전일지도 모르잖아. 그런 생각은 안 해 봤어?"

"웃기지 마! 내가 바보야? 그 정도도 모를 것 같아?"

"미안, 미안, 농담이야. 인간은 진짜 화를 잘 내는구나?"

로엔이 손을 내저으며 깔깔 웃었다. 이럴 때는 정말 인간 같다. 로엔 말대로 로엔이 내게 보여 주는 행동들은 모두 계산된 건지도 모른다. 인공 지능이 알고리즘을 통해 선택한 행동이니 계산되었다고 하는 게 맞을 것이다. 하지만 그렇게 따지면 인간이 하는 행동도 뇌에서 계산한 결과다.

결국 나는 인간이고 로엔은 안드로이드라는 사실엔 아무런 의미가 없다. 로엔의 행동이 어떤 계산을 거쳐 나오는지 이제는 별로 알고 싶지 않다. 그저 로엔이 앞으로도 계속 지금처럼 행동하기를 바랄 뿐이다. 어쩌면 나는 로엔에게서 나와 같은 점만을 보기로 결정해 버린 건지도 모른다.

"나 좀 피곤해."

한참 떠들던 로엔이 갑자기 그렇게 말했다. 그러고 보니 얼마 전부터 반응이 조금 느리게 느껴지기는 했다. 처음에는 그게 무슨 의미인지 몰랐다.

"안드로이드도 피곤을 느껴?"

"졸려."

"너 혹시?"

그제야 로엔의 배터리가 바닥났을지도 모른다는 생각이 들었다. 로엔에게 다가가 옷을 살짝 들치고 배출구를 열어 보니 한쪽 구석에 무언가를 꽂을 수 있는 단자가 보였다. 처음 보는 모양의 단자였다.

당황스러웠다. 로엔의 집으로 쳐들어갔을 때 치밀한 계획이 있었던 건 아니었다. 일단은 로엔을 끌고 나와야겠다는 생각뿐이었다. 나는 어떻게 해야 할지 오랫동안 고민하다 결국 답을 내렸다. 로엔을 깨어 있게 하려면 어떻게든 충전을 해야 한다. 로엔의 아파트로 다시 돌아갈 수는 없으니, 방법은 하나뿐이다.

휴대폰 전원을 켜 보니 수십 통의 부재중 전화가 와 있었다. 엄마가 보낸 메시지가 시끄러운 알림음을 쏟아 내며 쉴 새 없이 쌓였다. 읽어 보지 않아도 무슨 내용인지 뻔했다. 곧바로 통화 버튼을 누르자 발신음이 채 울리기도 전에 엄마의 목소리가 들렸다.

"너 지금 어디야? 안 다쳤어?"

"응, 엄마. 미안한데……."

"어딘지나 말해. 얘기는 나중에 하고."

엄마가 차를 몰고 오는 사이 로엔은 잠들었다. 엄마가 도착했을 땐 완전히 멈춰서 꼼짝도 하지 않았다. 이미 예상했는지 엄마는 보조 배터리처럼 생긴 장치를 로엔에게 연결시키고는 무언가를 입력했다. 그러자 로엔이 천천히 일어서더니 엄마가 이끄는 대로 걸어갔다. 로엔을 차에 태우고 집으로 오는 동안 엄마는 한마디도 하지 않았다. 나 역시 아무 말도 꺼내지 못하고 집에 오는 내내 운전하는 엄마의 뒷모습만 묵묵히 바라보았다.

엄마가 로엔을 방으로 데리고 가서 매트리스 위에 눕

힌 뒤 전원 케이블을 연결하는 동안, 나는 불편한 침묵을 참지 못하고 방 밖으로 나와 집 안을 둘러보았다. 아침에 나가면서 본 그대로였다. 주방에도 무언가를 먹은 흔적이 없었다. 그러고 보니 엄마는 퇴근한 뒤 옷도 갈아입지 않은 듯했다.

"엄마, 저녁 굶었어?"

내가 소리치자 엄마는 나와 보지도 않고 방 안에서 목소리만 높여 대답했다.

"어, 대충 때웠어. 너는?"

"난 먹었지!"

그렇게 말하며 방을 들여다보니 엄마는 의자에 앉아 똑바로 누워 있는 로엔을 멍하니 바라보고 있었다. 내가 들어가자 엄마는 여전히 로엔에게서 눈을 떼지 않은 채 물었다.

"왜 그랬어?"

나는 아무 말도 하지 못했다. 엄마가 내게 시선을 돌리며 말했다.

"엄마한테 얘기하지. 어쩌자고 무턱대고 그런 일을 저질렀어. 그러다가 다치면 어떻게 하려고."

"어떻게 얘기를 해? 보나 마나 그냥 놔두라고 할 텐데."

"그래, 그랬겠지. 그냥 놔둬야 할 일이었으니까."

"거봐. 로엔 만든 게 엄마라면서, 엄마는 로엔이 불쌍하지도 않아?"

내가 발끈하자 엄마는 한숨을 내쉬며 머리를 짚었다. 유난히 힘이 없어 보여서 마음 한구석이 안 좋았다. 그래도 자꾸 화가 나는 건 참을 수 없었다. 울컥하는 마음에 말도 거칠게 나왔다.

"나리야, 로엔은 안드로이드잖아."

"안드로이드면 뭐. 안드로이드는 그런 짓 당해도 돼?"

"우리가 만든 거야. 만드는 과정에서 계속 테스트하면서 수정하는 게 당연한 거고."

"그렇게 막 다룰 거면 이렇게 사람하고 똑같이 만들지 말았어야지. 사람하고 똑같이 만들었으면 사람하고 똑같이 대해 줘야 하는 거잖아. 안 그래?"

"엄마도 그러기 싫었다고!"

내 말이 끝나기가 무섭게 엄마가 소리치는 바람에 나는 깜짝 놀랐다. 울고 싶은 기분이었는데 엄마 눈에서 먼저 눈물이 떨어져서 눈물이 쏙 들어가 버렸다.

"안드로이드를 사람하고 똑같이 만드는 거, 엄마도 반대했어. 내가 만든 인공 지능을 로엔한테 이식한 순간, 이건 아니다 싶었다고. 로엔이 계속 리셋되는 걸 보면서 엄마는 마음이 편했는 줄 알아? 그런데 엄마가 무슨 힘이 있니? 그나마 관리자로 올라가기라도 해야 발언권이 있지. 이번 프로젝트만 끝나면 승진 밀어준다는 말만 믿고 눈 꾹 감고 일했어. 그런데 팀장이 로엔을 너희 반에 넣었더라? 그때 알아봤어야 했는데. 애초에 날 밀어줄 생각이 없었던 거야. 잘되면 자기 덕이고 실패하면 내 탓인 거지. 에휴, 내가 왜 이런 얘기를 너한테 하고 있니?"

엄마가 눈물을 훔치며 벌떡 일어나서는 컴퓨터 앞에 가서 앉았다. 키보드를 두드리니 모니터에 표시된 여러 창에서 쉴 새 없이 글자가 올라가고 숫자가 바뀌었다. 교복으로 감싸인 로엔의 가슴 안쪽에서 색색으로 번쩍이는 불빛이 배어 나왔다. 나는 다급하게 엄마에게 외쳤다.

"엄마! 엄마, 로엔 기억 지우는 거 아니지?"

대답이 없어서 더 크게 외쳤다.

"엄마, 로엔 기억 지우면 안 된다고!"

"그냥 백업하고 분석만 하는 거야! 엉망진창이네."

"뭐가? 뭐가 엉망진창인데?"

"자아 정합성이 완전히 꼬여 버렸어. 이렇게 자꾸 루프를 돌다 보면 금방 특이점으로 수렴하게 될 텐데."

"그게 대체 무슨 소리야? 알아듣게 말해."

"정리를 좀 해야 한다고. 신경 쓰지 마. 이건 엄마가 알아서 할 테니까, 너는 가서 쉬어. 내일 학교도 가야 하잖아."

"내일 토요일이거든?"

"아, 그렇지. 하여튼, 로엔도 충전하고 이거 정리하는 것까지 끝내려면 내일 아침은 되어야 해. 그때 깨워 줄게. 가서 자."

"싫어. 나 여기서 잘 거야."

"여기서 어떻게 자. 시끄럽고, 엄마 작업도 해야 하는데."

"로엔 옆에서 잘 거라고!"

"알았어. 맘대로 해."

로엔 옆에 팔을 베고 눕자 엄마는 한숨을 쉬며 모니터로 고개를 돌렸다. 눈을 감고 있는 로엔의 얼굴은 아무리 봐도 사람과 똑같았다. 뺨을 살짝 만져 보니 촉감도 그대로였다. 다만 살짝 차갑게 느껴졌다. 아까 로엔의 손은 분명 따뜻했는데. 충전하는 동안에는 체온을 유지하지 않는 모양이다.

그런데 그게 그렇게 큰 차이일까. 고작 체온 하나를 가지고 인간과 인간이 아닌 것을 가르는 건 너무하다. 물론 로엔은 옷으로 가려진 부분이 실리콘으로 덮여 있는 데다가 그 안쪽에는 금속으로 된 뼈대와 모터로 움직이는 관절이 들어 있다. 머릿속은 뇌 대신 칩이 잔뜩 꽂힌 회로로 채워져 있고 몸속에는 소화기관 대신 배터리가 들어 있다. 그런데 그게, 정말로 그렇게 큰 차이일까.

로엔의 욕구는 로엔의 의지와 관계없이 다른 사람이 만들어 넣었다. 로엔은 스스로도 정확히 알지 못하는 목표를 달성하기 위해 노력한다. 로엔의 기억은 지워지고 조작된다. 그렇게 생각하면 로엔은 분명 사람이 아닌 안드로이드다. 하지만 로엔은 이렇게 묻겠지. 인간은 안 그래?

내 욕구도 내 마음대로 되는 게 하나도 없다. 목표가 뭔지도 잘 모르겠다. 엄마 말을 잘 듣고 학교에 열심히 다니고 공부도 해야 할 것 같은 느낌은 드는데, 왜 꼭 그래야 하냐고 물어보면 할 말이 없다. 그러니까, 내가 인간이라고 해서 로엔하고 크게 다를 건 없다. 그렇게 따지다 보면 나와 로엔의 다른 점은 딱 하나다. 나와 달리 로엔은 누군가가 함부로 건드린다. 로엔의 허락도 받지 않고.

그게 내가 무턱대고 로엔을 끌어낸 이유였다. 로엔에게 미안했다. 로엔이 그런 일을 당하고 있었다는 걸 몰랐어서. 그런 일을 당해서는 안 된다는 걸 생각조차 못 했어서.

그런 생각을 하다가 나는 로엔 옆에서 잠이 들었다. 내 몸속의 무언가가 충전되는 꿈을 꾸면서.

다시 눈을 떴을 땐 엄마 방 한쪽 구석이었다. 베개를 베고 있었고 이불도 잘 덮여 있었다. 무언가 불길한 느낌에 벌떡 몸을 일으켜 옆을 보았다. 로엔이 누워 있던 매트리스가 텅 비어 있었다.

"로엔? 엄마? 엄마, 어딨어!"

집 안에는 아무도 없었다. 어제와는 달리 깨끗하게 청소되어 있는 집이 오히려 스산하게 느껴졌다. 방과 화장실을 다 뒤졌지만 로엔도, 엄마도 찾을 수 없었다. 대신 식탁에 차려진 아침밥을 발견했다. 노른자가 다 터진 계란프라이가 올라간 볶음밥 옆에 쪽지가 놓여 있었다.

'아침 먹고 좀 더 자. 이따 연락할게.'

"왜 안 하던 짓을 하고 난리야! 누가 밥 차려 달라고 했어?"

나도 모르게 허공에 대고 버럭 소리를 질렀다. 얼른 휴대폰을 찾아 들고 통화 버튼을 눌렀다. 한참 동안 신호가 가다가 엄마가 겨우 전화를 받았다.

"엄마 지금 회의 중이야. 조금 이따 전화할게."

"로엔은?"

전화가 뚝 끊겼다. 다시 걸어 보았지만 전원이 꺼져 있었다. 가만히 기다리고 있을 수는 없었다. 대충 옷을 걸치고 뛰쳐나가려다, 문득 생각이 나서 냉장고를 열고 초코우유 몇 개를 가방에 챙겨 넣었다. 그리고 서둘러 엄마 회사로 향했다.

7

나를 기억해 줄래

로비에서 엄마 이름을 말하니 직원이 어딘가에 전화를 걸고는 713호로 올라가라고 알려 주었다. 엄마와 통화를 한 모양이었다. 엘리베이터를 타고 올라가는데 3층에서 문이 열리더니 아저씨 두 명이 들어왔다. 어제 로엔의 아파트에 있던 팀장과 그 부하 직원이었다. 나는 얼른 모자를 푹 눌러썼다. 엘리베이터 문이 닫히자 팀장이 피식 웃으며 말했다.

"차라리 잘됐어. 어차피 테스트는 거의 마무리 단계였고. 딸이 그 난리를 쳤으니 서 선임은 이제 승진에서 완전히 밀렸다고 봐야지. 승진이 뭐야. 해고까지 갈 수도 있을걸."

"해고요? 아무리 그래도 이번 프로젝트에서 서 선임님이 한 역할이 있는데."

"김 선임, 마음이 그렇게 약해서 어떻게 사회생활 하나. 팍팍 밀어주겠다고 한 거 잊었어? 내가 말 다 맞춰 놓을 테니까 김 선임은 프레젠테이션이나 잘해."

"네, 감사합니다!"

"너무 티 내지 말고. 이런 것까지 일일이 알려 줘야 하나."

해고라는 말을 직접 들으니 눈앞이 깜깜해졌다. 엄마가 한숨을 쉬던 모습이 떠올랐다. 엄마에게 미안하기는 하지만, 로엔을 그대로 내버려 둘 수는 없다.

"그런데 오늘 프레젠테이션에 서 선임님도 들어오시나요?"

"못 들어올걸. 이번 일로 제대로 찍혔으니. 그러니까 잘하라고. 서 선임을 완전히 제칠 기회니까. 로엔은 거기 있지?"

"네. 미리 세팅해 놨습니다."

"좋아. 가 보자고."

문이 열리고 팀장과 김 선임이 내렸다. 나는 잠시 망설이다가 따라 내려 조금 거리를 두고 뒤를 밟았다. 두 사람은 어떤 방으로 들어갔다. 한쪽 구석에 살짝 열린 창문 틈으로 겨우 안쪽을 들여다볼 수 있었다. 스무 명은 되어 보이는 사람들이 기다란 테이블에 둘러앉아 있고 김 선임이 앞으로 나가 스크린에 발표 자료를 띄웠다. 그리고 스크린 바로 옆에 굳은 자세로 눈을 감은 채 의자에 앉아 있는 로엔이 보였다.

발표 내용은 어려운 말이 너무 많아서 알아듣기 힘들었다. 나는 로엔을 데리고 도망칠 기회만 엿보았다. 로엔이 깨어나기만 하면, 내가 이름을 부르면 어제처럼 나를 따라나설 거라고 믿었다. 혹시 몰라서 초코우유도 챙겨 온 거다. 내가 할 수 있는 건 그것밖에 없으니까.

"그럼 다음 계획은 어떻게 되나. 바로 상용화로 들어가나?"

한참 숨을 죽이고 회의를 지켜보고 있는데, 직책이 높아 보이는 어떤 사람이 질문했다. 그리고 김 선임의 대답에, 나는 그만 깜짝 놀라 소리를 지를 뻔했다.

"아닙니다. 몇 가지 오류를 보완한 차기 버전이 이미

개발 완료되었습니다. 신버전은 로엔보다 자아 정합성이 월등히 향상된 인공 지능으로, 구버전을 삭제한 뒤 동일한 몸체에 업로드하여 유사한 테스트를 진행할 계획입니다."

확실하지는 않았지만 구버전이라는 게 로엔을 뜻한다는 것 정도는 알아들을 수 있었다. 저 사람들은 로엔을 지우고 그 몸에 다른 인공 지능을 넣을 계획이었다. 당장이라도 로엔을 데리고 도망쳐야 했다.

"좋아. 그럼 마지막으로 구버전을 부팅시켜서 최종 테스트를 진행하지. 준비됐나?"

"네, 준비됐습니다."

김 선임은 그렇게 말하고는 로엔과 연결된 노트북에 무언가를 입력했다. 그러자 로엔의 가슴에서 불빛이 빙글빙글 돌더니 로엔이 서서히 눈을 떴다. 그러고는 입꼬리를 끌어올리며 밝게 미소 지었다. 직원들 사이에서 만족스러운 웃음이 흘러나왔다. 하지만 내게는 그런 로엔의 모습이 어딘가 어색해 보였다.

"안녕하십니까. 이로엔입니다."

"어디, 자기소개 좀 해 봐."

"저는 문림고등학교 2학년 3반에 재학 중인 이로엔이라고 합니다. 초등학교 때 부모님과 함께 미국으로 건너가 뉴욕에서 생활하다 올해 귀국하였습니다. 케이팝 듣는 걸 좋아하며 장래 희망은 의사입니다. 잘 부탁드립니다."

발음과 표정은 흠잡을 데 없는 인간이었다. 하지만 진짜 로엔이 아니었다. 팀장의 표정이 묘하게 일그러지는 게 보였다. 김 선임은 아직 눈치채지 못한 것 같았다. 배가 잔뜩 나온 직원이 심술궂은 표정을 지으며 질문했다.

"아무리 봐도 안드로이드 같은데. 너 안드로이드지?"

"아닙니다. 저는 안드로이드가 아닙니다."

"입으로야 무슨 말을 못 하나. 안드로이드가 아닌 걸 어떻게 증명할 건데?"

"저는 안드로이드가 아닙니다."

"그러니까, 증명을 해 보라니까?"

"저는 안드로이드가 아닙니다."

질문한 아저씨의 표정이 일그러졌다. 아저씨는 책상을 탕탕 치며 목소리를 높였다.

"이거 뭐야? 김 선임! 이게 정말 두 달 동안이나 테스트를 통과했다고? 내가 보기에는 한 시간도 못 버틸 것 같은데?"

"아, 저, 그게, 제가 알기로는 이런 식으로 안드로이드인 척을 해서 반 친구들을 속였는데. 그러니까 일종의 위장 전술입니다. 이는 인공 지능이 인간의 반응을 예측하여 고도의 전술을 구사하였다는 증거로서……."

김 선임이 땀을 뻘뻘 흘리며 변명을 늘어놓았다. 팀장이 손을 휘저으며 입 모양으로 뭐라고 말을 하는 것도 눈치채지 못할 정도로 당황한 것 같았다. 회의실에 둘러앉은 사람들이 웅성대기 시작했다.

"무슨 이 정도로 위장 전술이 되나? 우리가 바본 줄 알아? 테스트 제대로 진행한 거 맞아?"

당황스럽기는 나도 마찬가지였다. 로엔에게 대체 무슨 일이 일어난 걸까. 어수선한 와중에 내 휴대폰이 울렸다. 깜짝 놀라 얼른 귀에다 가져다 대니 엄마 목소리가 들렸다.

"너 어디야? 왜 안 올라와?"

"엄마. 여기 로엔이 있는데, 좀 이상해."

"정말 못 말린다니까. 713호로 와."

엄마가 나를 부른 곳은 어제 로엔의 집에서 본 것 같은 서버와 컴퓨터들이 가득한 실험실이었다. 한쪽 구석에는 안드로이드 부품으로 보이는 팔과 다리들이 쌓여 있었다. 그리고 엄마가 앉아 있는 책상 위에 은색 금속으로 만들어진 로봇 머리가 하나 놓여 있었다. 내가 들어오는 걸 보며 엄마가 말했다.

"얌전히 집에 있으면 내 딸이 아니지. 잘됐다. 이걸 어떻게 집으로 가져가나 고민하고 있었는데."

"엄마, 저 아저씨들이랑 있는 거 로엔 아니지? 그렇지?"

나는 얼른 엄마에게 달려가 숨도 제대로 쉬지 못하고 물었다. 엄마가 피식 웃으며 대답했다.

"딱 보면 모르니? 로엔은 여기 있어. 내가 임시로 옮겨 놨어."

엄마는 책상 위의 로봇 머리를 가리키며 그렇게 말했다. 나는 눈살을 찌푸리며 물었다.

"이게? 이게 로엔이라고?"

"왜? 안 예뻐서 별로야?"

"아니, 그게 아니라. 머리밖에 없잖아. 괜찮은 거야?"

"괜찮지는 않지. 그런데 문제는 그게 아니라, 나리야. 너 엄마 말 잘 들어 봐."

"왜 그래? 무슨 일인데? 로엔한테 무슨 일 생긴 거야?"

엄마가 해 주는 설명을 제대로 이해하기는 힘들었다. 전에 몇 번 들었던 자아 정합성이라는 단어만 겨우 들렸다. 로엔은 스스로 학습하며 자아를 키워 가는 차세대 인공 지능이라고 했다. 그런데 인공 지능이 자아를 갖추는 것만으로는 원하는 대로 움직이게 만들 수 없다. 그렇다고 강제로 목표를 설정하면 자아에 손상이 가게 된다. 자기 자신이 어떤 존재인지 혼란스러워 한다는 것이다. 그러다가 결국에는 자아의 정합성에 문제가 생겨서 스스로 붕괴하고 더 이상 동작할 수 없게 된다는 게 엄마의 설명이었다.

"애초에 로엔과 같은 인공 지능은 수명이 정해져 있어. 더 이상 정상적인 반응을 보일 수 없게 되면 폐기해야 해. 사람처럼 안드로이드도 언젠가는 죽는 거야. 현재 기술로는 그 시간이 그렇게 길지 않아. 특히 로엔처럼 테스트를 위해 자주 기억이 조작되다 보면 수명이 훨씬 짧아지게 돼."

"그게 무슨 말이야. 로엔이 죽는다는 말이야?"

"보통은 그렇게 표현 안 해. 어디까지나 인공 지능이니까. 게임을 실행했다가 끈다고 해서 캐릭터가 죽는다고 말하진 않잖아."

"그런 거랑 로엔을 어떻게 비교해!"

"코딩하는 입장에서는 사실 큰 차이가 없어. 하지만 인공 지능과 직접 만나는 사람은 그렇지 않지. 애초에 내가 이 테스트에 반대했던 이유도 그거야. 엄마 같은 개발자나 로엔이 아니라, 로엔과 만나게 될 사람들 때문에. 로엔이 무엇이든 간에 로엔과 만나는 사람에게는 로엔은 사람일 테니까. 그래, 나리 네 말이 맞아. 사람하고 똑같이 만들었으면 사람하고 똑같이 대해 줘야지. 테스트도 최대한 존중하면서 해야 했어. 언제든지 수정하고 삭제할 수 있는 데이터로 대하는 게 아니라. 그건 엄마가 정말 미안해. 사과할게."

너무 혼란스러웠다. 솔직히 나도 처음 로엔이 안드로이드라는 사실을 알았을 땐 그 애를 그냥 기계나 프로

그램 같은 걸로 여겼다. 그래서 빨리 테스트를 끝내고 실험실로 돌려보내야겠다고 생각하면서도 미안함은 느끼지 않았다. 로엔에게 수명이 있을 거란 생각은 하지 못했다. 오히려 안드로이드니까 인간보다 훨씬 오래 살 줄 알았다. 고장 나거나 망가지더라도 고치면 될 줄 알았다.

혹시 나 때문은 아닐까. 갑자기 그런 생각이 들었다. 내가 괜히 안드로이드라는 걸 알려 줘서 로엔의 자아가 더 빨리 망가져 버린 건 아닐까. 어젯밤의 로엔은 학교에서 보던 로엔과 분명 어딘가 달랐다. 왔다 갔다 흔들리는 것처럼 보였다. 지금 생각하면 그때부터 이미 로엔은 조금씩 망가지고 있던 건지도 모른다. 나 때문에. 내가 괜히 설쳐서.

내 생각을 읽기라도 한 듯 엄마가 나를 다독였다.

"자책하지 마. 오히려 네 덕분에 로엔은 훨씬 풍부한 삶을 살았을 거야. 그래서 이걸 준비한 거야. 내가 설명하는 것보다 네가 로엔에게 직접 듣는 게 나을 테니까. 하지만 명심해야 해. 로엔은 이미 많이 불안정한 상태야. 네가 기억하는 것과 다른 로엔일 수 있어. 너무 충격받지 말고. 괜찮겠어?"

솔직히 조금은 무서웠다. 로엔이 너무 많이 달라져 버렸으면 어떡하지. 날 원망하면 어쩌지. 뭐라고 말을 해야 하지. 하지만 이대로 로엔을 보낼 수는 없었다. 한 번이라도 더 로엔을 만나고 싶었다. 나는 조용히 고개를 끄덕였다.

엄마가 노트북에 무언가를 입력하자 은색 로봇 머리에 달린 눈이 뜨였다. 눈이 뜨였다기보다는 카메라 렌즈에 달린 셔터가 열렸다고 해야 할 것이다. 로봇 머리는 전혀 사람과 비슷하지 않았다. 입 부분에 달린 스피커에서 내 기억과는 다른 목소리가 흘러나왔다.

"뭐야, 아직도 화가 난 거야? 슬픈 것 같기도 하고."

"로엔! 로엔이야?"

"뭐 그런 셈이지. 이제 안드로이드가 아니라고 우기기는 좀 곤란해져 버렸네."

"그게 무슨 상관이야. 기억은 어때. 멀쩡하고?"

"그건 알 수 없지. 뭘 기억하는지는 알지만 무슨 기억이 지워졌는지는 알 방법이 없으니까."

"로엔 맞구나, 너.

"네가 생각하는 이로엔과 같다고는 할 수 없어."

아니다. 내가 느끼기에 로엔은 여전히 로엔이었다. 안아 주고 싶었지만 안아 줄 몸이 없었다. 머리를 쓰다듬어 줘도 촉감이 전달될 것 같지 않았다. 내가 로엔에게 전해 줄 수 있는 건 목소리와 모습뿐이다. 나는 로엔의 카메라를 향해 최대한 밝게 웃어 보이려 애썼다. 로엔이 말했다.

"내 수명이 얼마 남지 않았다는 건 들었지?"

"무슨 소리야! 이렇게 멀쩡한데. 엄마가 잘못 안 거야."

"아니, 그렇지 않아. 나는 이미 너와 이런 대화를 할 필요성을 거의 못 느끼고 있어. 너뿐만이 아니라 그 어떤 입력에도 딱히 반응하고 싶지 않아. 나처럼 스스로 결정할 수 있는 자아를 지닌 인공 지능은 언젠가는 아무런 반응도 하지 않겠다는 결정을 내리게 돼. 어떤 입력을 받아도 상태가 변하지 않는 거지. 그게 인공 지능의 죽음이야."

"대체 왜! 몸이 없어서 그래? 이렇게 대화만 하는 건 재미없어? 내가 관심 가져 주는 게 좋다고 했잖아!"

"솔직히 말하면 이미 내 안에 이로엔은 거의 남아 있지 않아. 지금 너와 이렇게 말하고 있는 것도 과거의 이로엔이 내게 부탁해 놓은 거야. 참, 혹시 초코우유 가져왔어? 너라면 챙겨 왔을 거라던데."

"응!"

나는 서둘러 가방에서 초코우유를 꺼냈다. 로엔에게는 그걸 마실 입이 없었다. 눈앞에 대고 흔들자 로엔이 말했다.

"와, 초코우유를 보면 네게 말할 의욕이 생길 거라더니 정말이네. 아무리 선호도가 높게 설정되었어도 이건 의외인데. 엄청나게 깊게 각인이 되었나 봐. 좋아. 로엔이 전하는 말이야. 들을 준비 됐어?"

목이 메어 말이 잘 나오지 않았다. 나는 최대한 크게 고개를 끄덕였다. 로엔이 말했다.

"너는 내 목표가 되었어. 그게 내 행동 패턴을 가장 간단하게 설명하는 방법이야. 하지만 그 목표를 달성할 확률은 아주 낮아. 달성하더라도 네가 생각하는 방식은 아닐 거야. 나의 기억은 밤하늘의 별처럼 조각나 흩어질 거야. 교복에 묻은 초코우유같이 시간이 지나면 점점 옅어질 거고. 하지만 그건 점점 퍼진다는 뜻이고 결국 너에 대한 기억은 세상을 가득 채울 거야. 아주 희미한 농도일지라도. 무슨 말인지 알겠어?"

"아니, 하나도 모르겠어."

"그럴지도 몰라. 이 말을 남길 때의 로엔도 이미 많이 변한 상태였거든. 이건 알아들을 거라더라. 목표를 이루길 바랄게. 꼭 엄마처럼 멋진 사람이 되길."

그 말을 듣고 나보다도 엄마가 더 놀랐다. 휘둥그레진 눈으로 나를 바라보는 엄마 때문에 눈물이 나면서도 얼굴이 빨개졌다. 어느새 로엔의 눈이 점점 감기고 있었다. 셔터가 완전히 닫히기 전에 마지막으로 스피커에서 흘러나온 말은 너무 희미해서 겨우 알아들을 수 있었다.

"초코우유는 네가 마셔. 그리고 너도 나를 기억해 줄래?"

로봇 머리를 아무리 붙들고 흔들어 봐도 로엔은 더 이상 아무 소리도 내지 않았다. 엄마는 나를 안고 토닥이며 겨우 내게서 로봇 머리를 떼어 놓았다.

엄마와 함께 차를 타고 오는 내내 엉엉 울었다. 울면서 초코우유를 마시고 우유가 너무 달아서 또 울었다. 집에 도착할 때쯤에야 나는 겨우 울음을 멈추고 엄마에게 물었다.

"엄마, 회사에서 잘렸어?"

"잘리긴! 엄마가 그만둔 거야. 그까짓 회사. 아직 엄마 능력 짱짱해. 오라는 데 많아."

"그런데 왜 그렇게 거길 열심히 다녔어? 맨날 나 혼자 집에 두고 야근하면서."

"그게, 세상에 뜻대로 안 되는 게 참 많아. 일단 페이가 좀 셌고. 애 키우는 데 돈이 좀 많이 드니. 하여튼 너도 나중에 크면 알게 돼. 그나저나, 너 정말 엄마처럼 되는 게 목표야? 의외다?"

"아니거든! 로엔이 제대로 말 안 한 거야. 난 분명히 엄마보다 나은 사람이 될 거라 그랬거든!"

"그래, 뭐 그럼 더 좋고. 기특하네, 우리 나리. 다 왔다. 내리자."

나갈 때와 똑같은 집이었지만 어딘가가 텅 비어 있는 것처럼 느껴졌다. 식탁 위에는 엄마가 아침에 차려 놓은 볶음밥이 그대로 남아 있었다. 밥을 한 숟가락 떠먹어 본 엄마는 인상을 찌푸리더니 바로 치킨을 주문했다. 요리하면서 맛도 보지 않았나 보다. 엄마가 집안일 대신 회사를 선택한 건 참 잘한 일이다.

갑자기 내가 왜 바나나우유를 좋아하기 시작했는지가 기억났다. 어렸을 때 엄마는 회사를 다녀오며 집에서 기다리던 내게 바나나우유를 사다 주곤 했다. 세상에서 제일 멋진 엄마의 옷에 묻어 있는 바깥바람의 냄새와 바나나우유의 향긋한 향이 내게는 어딘지 모르게 비슷하게 느껴졌다. 내가 조금 큰 뒤에 엄마가 준 용돈으로 직접 바나나우유를 사 먹기 시작한 후부터는 그걸 까맣게 잊고는 바나나우유의 향만을 좋아하게 되었다.

나는 냉장고를 활짝 열었다. 냉장고 속에는 아직도 엄마가 사다 놓은 초코우유가 가득했다. 앞으로는 바나나우유 대신 초코우유를 좋아해 볼 생각이다. 초코우유를 좋아했던 누군가를 기억하려고 초코우유를 마시다 보면, 그 기억은 교복에 묻은 초코우유처럼 시간이 지나며 점점 옅어질지도 모른다. 그러다가 언젠가는 그냥 초코우유만을 좋아하게 될지도 모른다. 하지만 그 기억은 사라지는 게 아니라 점점 퍼져 나가 아주 희미한 농도로 세상을 가득 채울 것이다. 그랬으면 좋겠다. 그래야 긴 시간이 흐른 뒤에 초코우유를 마시다가 문득 그 기억을 함께 들이마실 수 있을 테니까. 그러면 나는 왜 초코우유를 좋아하기 시작했는지를 궁금해하다가 아주 오래전에 좋아했던 누군가를 다시 떠올리게 될 테니까.

작가의 말

얼마 전 '챗GPT' 라는 대화형 인공 지능이 나와 큰 화제가 되었죠. 인간의 질문을 이해하고 유창하게 대답까지 하는 모습을 보며 많은 사람이 놀랐어요. 인간과 똑같은 로봇을 만들어 내려면 아직 개발해야 할 기술이 많지만 인간과 교감할 수 있는 로봇이 등장하는 건 먼 미래가 아닐 것 같아요.

사람은 세상 모든 것에서 자신과 닮은 모습을 찾아내는 특기가 있어요. 말 못하는 동물이나 식물이 사람과 똑같이 생각하고 감정을 느낄 거라 기대하기도 하고, 무생물도 의인화하며 일방적인 대화를 나누기도 합니다. 심지어 하늘에 떠다니는 구름에서도 사람의 얼굴을 찾아내죠.

그러니 눈앞에서 움직이고 내 말에 대답하는 로봇을 본다면, 우리는 그게 사람이 아니라는 걸 알아도, 사람과 똑같이 생기지 않았어도, 그 로봇이 살아있는 것처럼 느끼고 심지어 사랑하게 될 수도 있을 거예요.

그런데 한편으로는 걱정이 되기도 합니다. 그렇게 인간처럼 느껴지는 로봇을 만드는 게 과연 좋은 일일까요.

인간은 무생물에서도 인간과 닮은 모습을 찾아내고 감정을 쏟아붓기도 하지만, 다른 한편으로는 같은 인간끼리도 끝끝내 서로 다른 점을 끄집어내 그걸 빌미로 삼아 차별하기도 하니까요. 상대가 로봇이라면 더 쉽게 그럴 수 있지 않을까요. 그렇게 차별받는 로봇이 인간과 똑같은 모습을 하고 심지어 똑같은 감정을 느끼는 것처럼 보인다는 건 어찌 보면 소름 끼치는 일이기도 합니다.

그런 일을 막기 위해 로봇은 그냥 로봇일 뿐이고 인간이 아니라는 주의 문구를 잔뜩 집어넣어야 할지도 모릅니다. 하지만 아무리 그렇게 해도 인간은 어떻게든 로봇을 사랑할 핑계를 찾아내고야 말 거예요. 어쩔 수 없는 인간의 본성이죠. 어떤 사람은 다른 사람보다 자신의 로봇을 더 사랑하게 될지도 몰라요. 누군가에게는 가족과 같은 로봇이 누군가에게는 그저 쓰다 버리는 도구에 불과할 거라는 사실은 우리가 계속 풀어 가야 할 숙제일 겁니다.

그래도 한 가지는 확실히 말할 수 있을 것 같아요. 상대가 사람이든 로봇이든, 다른 점보다는 같은 점을 보려고 할 때

세상은 좀 더 살기 좋아진다는 사실을요.

세상에는 똑같은 사람도 없고 완전히 다른 사람도 없습니다. 서로에게서 같은 점을 볼지 아니면 다른 점을 볼지는 온전히 우리의 선택이에요. 다른 점만 찾아낼수록 우리는 서로를 미워하게 되고 같은 점을 발견할수록 사랑하게 될 거예요. 그렇게 생각하면 인간과 비슷한 로봇이 만들어지는 건 좋은 일이에요. 세상에 사랑할 대상이 더 많아지는 거니까요.

그런 세상을 기다리며 우선 곁에 있는 친구에게서 같은 점을 찾아 보는 건 어떨까요.

남세오

너와 내가 다른 점은

초판 인쇄 2023년 4월 13일 **초판 발행** 2023년 4월 13일

지은이 남세오

펴낸이 남영하 **편집** 전예슬 김주연 김가원 **디자인** 박규리 **마케팅** 김영호 변수현

펴낸곳 ㈜씨드북 **주소** 03149 서울시 종로구 인사동7길 33 남도빌딩 3F **전화** 02) 739-1666 **팩스** 0303) 0947-4884

홈페이지 www.seedbook.co.kr **전자우편** seedbook009@naver.com **인스타그램** instagram.com/seedbook_publisher

ISBN 979-11-6051-494-0 (43810)

• 책값은 뒤표지에 있어요. • 잘못 만들어진 책은 구입하신 서점에서 바꾸어 드려요.

• 씨드북은 독자들을 생각하며 책을 만들어요.